CHRISTOPH MECKEL

LICHT

ERZÄHLUNG

FISCHER TASCHENBUCH VERLAG

Fischer Taschenbuch Verlag
1.–15. Tausend Mai 1980
16.–25. Tausend Mai 1981
26.–40. Tausend März 1982
Ungekürzte Ausgabe
Umschlagentwurf: Jan Buchholz / Reni Hinsch
Illustration: Christoph Meckel
Fischer Taschenbuch Verlag GmbH, Frankfurt am Main
Lizenzausgabe mit freundlicher Genehmigung
der Nymphenburger Verlagshandlung GmbH, München

Gesamtherstellung: Hanseatische Druckanstalt GmbH, Hamburg
Printed in Germany
580-ISBN-3-596-22100-5

... und wäre jetzt gern bei Dir. Sehr gern würde ich etwas für Dich tun, Dir eine Zeitung mit guten Nachrichten kaufen, Frühstücksbutter aus Deinem Mundwinkel küssen, vielleicht Deine Kniekehlen streicheln, irgendwas. Ich bin fast umgefallen, als Du mich angerufen hast, Deine Stimme so nah und so schrecklich weit weg. Dir zuliebe kann ich alles tun, arbeiten, früh aufstehn, vernünftig sein. Ich bin ganz benommen, wenn Du mich anrufst. Alles ist gut, solange es mit uns stimmt, gleichgültig ob ein Glück dabei herauskommt. Ich brauche kein Glück, ich kann auch ohne Illusion mit Dir lachen.
Hast Du mein blaues Feuerzeug bei Dir? Vermißt Du mich? Bist Du wieder in Deiner Wohnung gewesen? Und ob wir zusammen nach San Francisco fahren (gibt es dort Straßencafés wie in Paris)? Ich möchte so gern mit Dir nach San Francisco fahren, chinesische Zeitungen lesen, die Seehunde bellen hören und mich mit Dir auf der Himmelfahrtsbahn fotografieren lassen. Denkst Du noch an das Haus in Bercy-les-Landes und an die vielen Schuhe im Flur? Die Fahrräder im Anbau, der Autofriedhof neben dem Schloß, die Sommernachtsfrösche im Wasserbassin und die vielen, nach Staub und Jod riechenden Brennesseln dort? Und die Nacht, als wir auf-

wachten, weil es zu regnen anfing, und Du ranntest barfuß die dunkle Treppe hinunter und hinaus in den Regen, weil wir vergessen hatten, das Autodach zuzumachen. Aber es war schon zu spät, der Vordersitz triefnaß, die Zeitungen und Landkarten aufgeweicht. Und wie Du naß zu mir in das Bett zurückgekommen bist! Und als wir zum erstenmal nach Tagen wieder Zeitung lasen im Café an der Küstenstraße, im heißen hitzigen Wind mit dem vielen Staub, aber wir blieben vorm Café sitzen und lasen Zeitung, jeder die Hälfte, und die Seiten flatterten über die Hände und ließen sich nicht mehr richtig zusammenlegen. Dann flog die halbe Zeitung weg und Du ranntest hinter den Seiten her über die Straße, ein Lieferwagen stoppte im letzten Moment, und Du ranntest ziemlich weit auf den Strand hinaus und kamst mit zerknüllter Zeitung ins Café zurück und warst fast beleidigt, weil ich lachte.

Ich denke daran und nichts fehlt mir. Ich möchte immer an solche Sachen denken, und ich möchte mich immer auf etwas freuen. Ich muß diese Freude empfinden können, wenn ich nicht nur ein Mensch sein soll, der mehr oder weniger einseitig funktioniert. Funktionieren, schon das Wort ist schrecklich. Ich funktioniere nicht. Ich will nichts geschenkt bekommen und ich will nichts auslassen, aber ich will, daß es das jederzeit für mich gibt: Freude, mit oder ohne Grund, mit Dir und allein – vielleicht nur einen Moment lang wie im Februar, als wir von der Party bei Mona nach Hause kamen und Hunger hatten und im Küchenschrank die Rosinen fanden, die ich für die Amseln in Deiner Straße gekauft hatte – erinnerst Du Dich? Wir standen in Mänteln in der Küche und waren todmüde, gleichzeitig überwacht, auf verrückte Weise unruhig und glücklich und hatten auf einmal Lust, die Rosinen selber zu essen. Wir aßen die Rosinen am Fenster und hörten die Amseln draußen im Schnee, in der Morgendämmerung, und dann wolltest Du keine Rosinen mehr und standest bloß da und sahst mich an, ununterbrochen, direkt, wie Du mich noch nie angesehn hattest – und daß Du mich dann in die Arme genommen hast! Sag mir, daß wir lebendige Menschen sind. Schreib mir, nein schreib mir nicht gleich. Zuerst ruf mich an, ich warte so sehr auf . . .

Ich fand den Brief im Laub auf der Terrasse und meine Enttäuschung ist furchtbar, etwas Verzehrendes.
Wie kommt dieser Brief auf die Terrasse. Ich kann mir denken, daß Dole ihn verlor, als ich Laub und Papier im Garten verbrannte, das war vor drei Tagen. Der zerknüllte Bogen fiel aus dem Papierkorb und geriet zwischen die Blätter. Es ist auch möglich, daß sie nachts ihren Hausschlüssel suchte und dabei den Brief aus der Tasche verlor; vermutlich aber aus ihrem Papierkorb. Papierkorb. Papierkorb. Was sich in einem Papierkorb befindet ist kaum noch vorhanden, es ist schon beinahe nichts, es ist zerrissen. Ich vergesse jeden Gegenstand, sobald ich ihn in den Papierkorb geworfen habe. Warum ist dieser Brief aus dem Papierkorb gefallen.
Ich nahm das Blatt aus dem Laub, um es wegzuwerfen und erkannte Doles Handschrift in violetter Tinte, die sie benutzt, seit wir uns kennen, las ohne Absicht den Teil eines Satzes, der zusammenhängend über die Zerknitterung lief

Und wie Du naß zu mir in das Bett
zurückgekommen bist

(ganz ungewöhnlich für Dole, so etwas zu schreiben) und wußte, daß der Satz nichts mit mir zu tun hatte. Dieses Du war nicht an mich gerichtet. In diesem Augenblick war die Unschuld vorbei. Unmöglich, das Geschriebene nicht zu lesen. Ich steckte den Brief in die Tasche und stand eine Weile da, zunächst erstaunt (etwas sehr Sonderbares schien vorgefallen), vielleicht schon mit Neugier, dann mit der Gewißheit, in ein Geheimnis hinuntergerissen zu sein. Ich ging in den Bungalow und fand Dole schlafend auf der Couch.

Wie beseitigt man ein Geheimnis, das man selber nicht verursacht hat. Ich weiß nicht, wie man Geheimnisse loswird, es sei denn durch Vergessen, weniger anstrengend durch Vergeßlichkeit. Aber ich bin nicht vergeßlich. Geheimnisse will ich nicht erfahren, weder ihren Inhalt noch daß es sie gibt.

Dole schlief unter dem schwarzen Poncho, den wir in Patzcuaro kauften, an einem Abend der Regenzeit, als sie frierend unter den Arkaden neben mir her ging. Ihr Gesicht lag seitlich auf dem Ellenbogen, isabellfarben zwischen dem hingestreuten Haar, der Mund leicht geöffnet, das Atmen sichtbar, Erscheinung vollkommener Ruhe und Sorglosigkeit, verführerisch, entwaffnend, erstaunlich für mich, mein Vorhandensein neben der Couch eine Indiskretion (beklemmender als die Entdeckung des Briefs vor ein paar Minuten). Doles Körper, den ich kannte und der zerstörbar war nicht allein durch den Tod, sondern auch durch mich, durch einen Faustschlag, mit einem Messer. Als sähe ich diesen

Körper zum letztenmal. Als sähe ich zum letztenmal eine schlafende Frau und zum letztenmal die Frau, mit der ich lebe.
Ich ging so geräuschlos wie möglich durch das Zimmer, erleichtert, daß Dole weiterschlief. Ihre Abwesenheit war jetzt unbedingt notwendig, ich brauchte Zeit für mich und dieses Papier (obwohl ich nur eine Zeile gelesen hatte, wußte ich, daß ein Leben zu Ende war). Ich brauchte jetzt Zeit in einem geschlossenen Raum, unabsehbar viel Zeit für das plötzliche Irrsein. Zum erstenmal seit Jahren verschloß ich die Tür. Ich machte das Fenster zu, glättete das Papier und legte es auf den Tisch, nahm das alles so lautlos wie möglich vor, entsprechend der Heimlichkeit des ganzen Unfalls. Durchdringende Stille (die Aircondition bewegte den Saum der Gardinen). Ich las den Brief ein erstes Mal übereilt, ein zweites und drittes Mal Wort für Wort, immer noch erstaunt, daß es ihn gab, ungläubig, daß er von Dole geschrieben war, er konnte unmöglich von Dole geschrieben sein, aber ihre Handschrift und ihre Tinte – unwiderlegbar (Dole hat diesen Brief geschrieben; sie hat ihn an einen Menschen gerichtet, der auf unvorstellbare Weise diesen Tag mit uns teilt). Ungeheure, schlagartige Erschöpfung. Keine Möglichkeit, aus der Defensive herauszukommen. Es schien nichts anderes zu geben als diesen Brief, es gab überhaupt nichts mehr außer diesen Sätzen. Ich weiß nicht, wie lange ich las und zu denken versuchte. Ich versuchte nachzudenken, ich dachte nichts.

Ich wollte, es wäre Nacht, oder die Preußen kämen. Es war ungefähr Mittag, sehr warm und hell vor dem Fenster, das letzte Laub in den Bäumen ohne Bewegung. Keine Beruhigung durch Lärm oder Radio. Unentrinnbarkeit aus Licht und Stille, mir hätte schon eine Sonnenbrille genügt. Ich stand in meinem Zimmer und atmete noch, spürbar anwesend in meinen Kleidern, ich war nicht mehr derselbe und war noch da. Früher oder später, an diesem Tag, mußte ich aus meinem Zimmer heraus und hinein in die gemeinsame Gegenwart mit Dole, die ich mir jetzt nicht mehr vorstellen konnte, während ich mir früher – in der Zeit vor dem Brief – jeden bevorstehenden Augenblick hatte vorstellen können, das Verlassen des Zimmers, Kaffeegeruch im Flur, Doles Nacktheit auf einem Bett, leichte Küsse auf ihre Brust und ihr zögerndes, träges Erwachen am frühen Nachmittag. Ich mußte hinaus zu der neuen Dole, egal, wer ich selber inzwischen geworden war.
Unvorstellbar, ihre Brust zu küssen.
Nie wieder möglich.

Ich war noch im Zimmer, als sie rief, ihre ruhige helle Stimme zwischen den Wänden, die unregelmäßigen Schritte im Flur, sie schien mich auch auf der Terrasse zu suchen, denn ich hörte meinen Namen im Mittag draußen – Gil? Gil? – so wurde ich in der Kindheit nach Hause gerufen, aber ohne die fragende Zärtlichkeit. In meinem Zimmer schien Dole mich nicht zu vermuten, sie lief durch

den Garten, ich sah sie am Fenster vorbeigehn, ihr zögernder Gang, der jetzt etwas Horchendes hatte (ich weiß, daß ich ein Ohrenfüßler bin, sagt Dole) und der auf den Boden gerichtete Blick, wenn sie allein oder in Gedanken ist. So hat sie dic vielen Kleinigkeiten gefunden, Weltplunderkram für meine sämtlichen Taschen, sagt sie, Groschen, Vogelfedern, Schlüssel, Schneckenhäuser und Spielzeuge. Sie blickte nicht in das Fenster und rief nicht mehr. Wieder das Unbehagen: Indiskretion.
Der Brief lag noch auf dem Tisch, er mußte weg. Ich hätte jetzt ganz gern einen Safe gehabt, für diese Notierungen und den Brief. Ich legte ihn zusammengefaltet in Lowrys Erzählungen und versteckte das Buch in meinem Koffer, obwohl kein Mensch nach ihm suchen würde, am wenigsten Dole – sie war überzeugt, den Brief verbrannt zu haben (der Brief bleibt in meinem Koffer versteckt, obwohl ich nichts mit ihm vorhabe; ich werde ihn nicht gegen Dole verwenden; unmöglich, etwas gegen sie zu verwenden; ich behalte den Brief als Dokument dieses Unfalls).
Meine Türe war abgeschlossen. (Ich hatte die Türe tatsächlich abgeschlossen).
Später sah ich Dole von der Terrasse ins Zimmer kommen, das weiße Kleid aus dem Gegenlicht auf mich zu. Sie erkannte mich nicht sofort, stand dann vor mir und lachte, ganz unbefangen. So hatte ich mir das nicht vorgestellt. Ich hatte mir überhaupt nichts vorgestellt. Und am wenigsten hätte ich mir vorstellen können, daß der erste unauf-

richtige Augenblick so beiläufig vorübergehn würde, ohne Irritation, zu flüchtig für eine Empfindung.
Gil, du bist hier? Ich habe nach dir gesucht.
Ich war eine Weile in meinem Zimmer.
Möchtest du Kaffee?
Ja, Kaffee wäre schön.
Unser Leben nach der Entdeckung des Briefs begann mit Kaffee und Sherry und einem Gespräch über die Fotomontagen von Man Ray.

Ich beobachte sie. Am Anfang erschien mir das ganz unmöglich. Ich beobachte die Frau, die ich liebe. Aber nach ein paar Tagen geht das gewissenlos; das Unbehagen ist verschwunden, kein Gefühl von Indiskretion. Früher, also noch vor vier Tagen, sah ich Dole, wie sie vor mir erschien. Ich betrachtete ihre wechselnde Erscheinung und hielt sie für eindeutig (wie konnte ich mich hinreißen lassen, der Erscheinung eines Menschen zu glauben). Es gab keinen Unterschied zwischen dem, was ich sah und den Vorstellungen, die ich mir machte. Was Dole preisgab, war vielleicht nicht viel (was sie vor mir verbarg, war vielleicht viel mehr), aber es war genug für ein Leben zu zweit. Das Verborgene änderte nichts an meiner Bejahung. Ich verließ mich darauf, daß sie hier und nicht anderswo war, wir verließen uns aufeinander und lebten leicht. Vertrauen, der gemeinsame Löwenanteil. Fort, fort in den Morgen und über die Berge! Das ist ein Satz, der sich nicht mehr behaupten läßt. Verdacht, Verdacht, ich vernichte das Wort Vertrauen. Ich ersetze Löwenanteil durch Verlustgeschäft.

Das Wahrnehmen ohne Verdacht, das bejahende Anschaun einer Frau erscheint mir heute als vollkommenes Glück. Und nachdem ich es verloren habe, jetzt, dieses unerbittliche Hinsehn, kalt, scharf, skrupellos und genau – ist das überhaupt zumutbar für uns beide. Es entspricht mir nicht, obwohl ich es lerne, und vor ein paar Tagen hätte ich geschworen, daß es auch Dole unbekannt sei. Unabwendbarer, unablässiger Blick. Unruhe, Zweifel und instinktive Beschuldigung. Dole kann jetzt sagen was sie will – nichts mehr ist glaubhaft. Kein Wort ist gut, kein Lächeln vollkommen, kein Blick überzeugt mich. Sie ist nicht mehr so schön, wie sie gestern war, sie ist nicht mehr der unantastbare Mensch. Am Nachmittag tranken wir Tee auf der Terrasse, nichts schien sich verändert zu haben, sie lag mir im Liegestuhl gegenüber und ließ sich betrachten, lässige Wollust, gemeinsame Ruhe. Ihr Lächeln setzte mein Vertrauen voraus, aber mein Vertrauen war nicht mehr da. Sie hat den Bösen Blick noch nicht bemerkt, wird ihn möglicherweise nicht bemerken, jedenfalls nicht sofort, nicht heute, nicht mehr in dieser Nacht. Es gelingt mir, meinen Verdacht zu verbergen, so daß sie die neue Aufmerksamkeit reizvoll findet. Möglich, daß sie den Blick für Verlangen hält. Ich weiß nicht, wie lange der Zustand dauern kann.

Ich beobachte sie.

Als wir den Herbst in Limoges verbrachten, in der

Wohnung von Freunden, und ihren Affen versorgten.
Das Tier lebte angekettet auf einem mit Möbeln vollgestellten Balkon. Dole hatte ihn eine Woche lang gefüttert, als er kratzend und beißend auf ihren Kopf sprang. Von diesem Tag an warfen wir ihm die Bananen auf den Balkon. Der Affe hockte auf einem kaputten Eisschrank und sah uns mit starren, schwarzen Augen an.

Wie macht sie das – die unbefangenen Blicke, ihre entwaffnende Heiterkeit. Wie bringt sie es fertig, so ausgeglichen zu erscheinen. Sie ist nicht skrupellos und sie ist nicht kalt. Mit ihrer Arbeit hat der Brief nichts zu tun, ich kann mich selber auch nicht davon überzeugen, daß er aus einer früheren Beziehung stammt. Es ist die Handschrift der letzten Jahre. Und der Gedanke, es handle sich um einen Entwurf, vielleicht um einen Brief, der nie abgeschickt wurde, hat nichts Erleichterndes. Wieviele Briefe dieser Art hat Dole geschrieben, und an wen. Kann es sich um eine Erfindung handeln, etwa um einen Menschen, den sie träumt? Handelt es sich um ein Leben, das Dole sich vorstellt, aus einem Mangel oder Verzicht heraus, der mir verborgen geblieben ist?
Der Brief existiert, und ist eine Nachricht von so niederschmetternder Fülle, daß ich mir auch nicht einreden kann, es handle sich um einen vorübergehenden Fall. Es gibt hier kein Irgendwie oder Irgendwann. Diese Lebendigkeit ist ein ganzes Leben.

Und als wir nach Tagen zum ersten Mal wieder Zeitung lasen im Café an der Küstenstraße – einen Satz wie diesen erfindet man nicht. Dole kann den Satz nicht erfunden haben, sie ist im Café an der Küstenstraße gewesen; nichts in diesem Brief kann erfunden sein. Sie ist Journalistin und erfindet nichts. Ihre Phantasie äußert sich beiläufig, unter vier Augen oder aus Übermut, am überzeugendsten ohne Anlaß. Das sind die Billette morgens auf meinem Tisch, das sind die circensischen Zettel, die mir im Flugzeug aus der Tasche fallen *(Warum bist Du nicht zu mir gekommen? Wollten wir nicht zusammen Wein trinken gehn? Ich lade Dich ein in meine Wohnung, heute Abend oder in sieben Jahren. Wirst Du kommen? Licht und Geheimnis!).* Sie braucht, um mit Charme und Phantasie zu schreiben, einen trauten Menschen, an den sie sich wendet. Ihr entspricht der spontane Brief. Dieser Brief kann nicht erfunden sein.
Und wie Du naß zu mir in das Bett zurückgekommen bist.

Ich bin heute Abend allein. Dole ist zu Leuten gefahren, die sie während des Sommers im Ort kennengelernt hat, Ärzte und Rechtsanwälte aus der Provinz. Die Sommergäste sind abgereist, die Bungalows stehn leer und die Ratten am Müllplatz werden dünn und bissig. Regennacht, in der Garage brennt Licht, das Wasser klatscht vom Dach auf die Terrasse. Das könnte wie früher Ruhe für mich bedeuten, Selbstvergessenheit in einem leichten Weinrausch, Beschäftigung mit Artikeln und Fotografien, Konzentration – jetzt bedeutet es nichts. Es heißt, daß ich zuviel Zeit für mich habe, da schleifen die Hirngespinste durch den Kopf. Das Glück, mein Freund, ist ein alter Hut, aber ein Überlebender der Freude zu sein, ist erst der Anfang einer neuen Erfahrung. Höhle des Atems, Ort der Entscheidung, kleines Kythera der Verständigung, großes Gelächter. Mal ist es das Loch im Universum, mal ist es das Loch zwischen den Beinen. Mal ist es der Witz mit der Fliege, mal ist es der Witz mit der Klatsche. Kurtisane von Babylon! Schlaflosigkeit. Die Unbekannte ihrer selbst verschloß die Tür, warf den Schlüssel aus dem Fenster und verharrte unbeweglich auf ihrem Bett.

It is a dognight dognight dognight.

Ich sah ihr heute Abend beim Ankleiden zu. Es gefällt ihr, wenn ich dazukomme und von der Türe aus Komplimente mache (Komplimente, sagt sie, sind nur erträglich, wenn sie frivol und ziemlich fragwürdig sind). Ich sah ihre Nacktheit im Profil, die Brüste unter den Armen, als sie sich kämmte. Ich ging nicht zu ihr. Sie schminkte sich und legte Lidschatten auf, das tut sie selten. Ich fragte sie, für wen sie sich so ungewöhnlich sorgfältig zurechtmache.

Ihre Antwort: Komm doch mit auf die Party, dann wirst du es sehn.

Sonst sagte sie nichts, ein schnelles Lächeln, das Spiel ist alt.

Sie war überzeugt, ich spiele das alte Spiel.

Wir sind Journalisten. Der gleiche Beruf bedeutet Übereinstimmung noch in den Nebensachen, aber es bedeutet auch, daß wir oft und lange getrennt sind. Was ihre eigene Zeit betrifft, ist es denkbar, daß sie ein zweites Leben führt. Sie ist oft wochenlang allein unterwegs. Ihre Reportagen in Mailand, London und München, ihre Recherchen in Brüssel und die nächtlichen Telefonanrufe aus einem Hotel müssen nicht unbedingt glaubwürdig sein. Es ist möglich, daß sie aus dem Bett eines Mannes anruft und daß dieses Bett ganz woanders steht.
Liebe, Hoffnung, Vertrauen – das waren Wörter, mit denen wir spielten, sofern wir sie überhaupt für uns in Anspruch nahmen. Es waren keine notwendigen Wörter für uns. Wir waren uns einig ohne Wörter und was die Liebe war, das wußten wir selber. Aber ich habe den Wert der Wörter erfahren, seit die gemeinsame Sache in Gefahr ist. Vertrauen, was war das? Ich war überzeugt, daß Dole das Richtige tat. Unmöglich, sie ins Unrecht zu setzen durch eine Frage. Ihre Aufträge, Reiseziele und Adressen waren nicht anfechtbar. Vertrauen bedeutete unbegrenzten Vorschuß auf alles, was Dole betraf und es hieß, daß ich glaubte, was sie mir sagte und Nichtgesagtes für unbezweifelbar hielt. Unbedenklichkeit, ein geflügelter Zustand. Doles Lieblingswort facilité. Ich hielt den grundsätzlichen Betrug nicht für möglich.
Wo war sie am häufigsten?
Nach allem, was ich weiß und vermute, war sie am häufigsten in Paris. Jedenfalls reiste sie oft allein

dorthin, häufig im Wagen, um beweglich zu sein. Paris ist ihre Stadt und sie hat dort gelebt, ich selber bin selten in Paris gewesen, habe vor allem nie dort gelebt, zusammen mit Dole war ich nur einmal dort. Unsere Novembertage im Hotel Mirabeau, billiges blaues Zimmer unter dem Dach, Paris in Winternässe und Grisaille, Regennächte zu Fuß, umarmt und ziellos. Rue de la Harpe, rue des Ecoles, rue de Vaugirard. Nebelverfinsterung, Licht des Limbo, triefende dunkle Mittage, die wir im Bett verbrachten, schöne atemlose Verlorenheit, zwei Körper allein in einem bezahlten Zimmer, Manuskripte und Zeitungen auf dem Bett und eine gemeinsame alte Schreibmaschine. Erinnerst du dich, daß ich meinen Paß verlor, sagte Dole, irgendwo auf dem Boulevard oder in den Bars, und daß er am nächsten Morgen im Hotel auftauchte, dorthin gebracht wurde von einer alten Frau in arabischen Kleidern, wie ist sowas möglich, wir hatten die Frau vorher nie gesehn, wie konnte denn irgendwer wissen, wo wir wohnten – rätselhaft. Das war der sorglose Anfang des Zukunftkalenders, Tage und Nächte in einem Atemzug (Stadt der Liebenden, graue Rose – obwohl mir die Chansons auf die Nerven gingen, selbst als ich sie später in Duisburg hörte).

Ich gehe jetzt davon aus, daß Paris der fragliche Ort ist, vorallendingen wegen Bercy-les-Landes. *Denkst Du noch an das Haus in Bercy-les-Landes, und an die vielen Schuhe im Flur? Die Fahrräder im Anbau, der Autofriedhof neben dem Schloß, die Sommernachtsfrö-*

sche im Wasserbassin und die vielen, nach Staub und Jod riechenden Brennesseln dort? Ich habe mich vergewissert: Bercy-les-Landes ist ein Dorf in der Ile de France, eine halbe Zugstunde von der Gare de Lyon entfernt. Es wäre möglich, Näheres zu erfahren. Beim Nachtessen heute erzählte ich von den Orten, in denen wir von Paris aus waren: Malmaison, Saint Luce, Villededon, Le Faure – sind wir nicht auch in Bercy-les-Landes gewesen? Sie schüttelte den Kopf, und ich hatte den Eindruck, daß sie mir etwas sagen wollte. Sie schien kurz davor, etwas mitzuteilen, drehte das Weinglas zwischen den Fingern und blickte auf das Tischtuch. Ich ermutigte sie nicht. Allerdings ist es möglich, daß ich mich täuschte. Das Beobachten hat mich ratlos gemacht. Jetzt, ein paar Stunden später, bin ich überzeugt, daß sie nicht daran dachte, mir etwas zu sagen; daß sie unter keinen Umständen etwas sagen wollte.

Sie hat den Tag im Liegestuhl verbracht, die Zeitung fortgelegt und die Bäume betrachtet, den besonnten Fluß, die Wolken, die Vogelschwärme. Sie hat vor sich hin gestarrt, die Zeitung wieder aufgenommen, wenig gegessen, wenig getrunken, sich kaum bewegt.
(Sie glaubt, den Brief vernichtet zu haben. Vielleicht ein Beweis für das Ende der Beziehung?).

(Ich will nichts geschenkt bekommen und ich will nichts auslassen
Sie hat nichts ausgelassen.

Sie hat ihre Möglichkeit wahrgenommen und vielleicht in die Unmöglichkeit fortgesetzt. Sie liebt, das ist alles. Es ist zuviel. Es ist nicht genug. Ich denke immer wieder an ihren Brief. Es steckt so viel aussichtsloses Verlangen darin, Verlorenheit zwischen den Zeilen, Beschwörung der Freude. Ich kenne Dole und ich kenne sie nicht. Das steht mir noch bevor: sie kennenzulernen).

Wir gingen im Regen am Fluß entlang und sprachen von gemeinsamen Erinnerungen. Weil ich in letzter Zeit oft von Vergangenem spreche, häufig auch Dole danach frage, erzählt sie Einzelheiten, die ich vergessen habe. Sie um deretwillen mir Vergangenheit wichtig wird, spricht von gemeinsamen Erlebnissen ohne zu ahnen, daß mir nichts Gemeinsames mehr wirklich erscheint. Wir beide sprechen, als handle es sich um etwas Uneingeschränktes, und wir wissen beide, daß dies nicht der Fall ist. Wir kamen bei Dunkelwerden nach Hause, trockneten die Haare und tranken Schnaps in der Küche (wir haben es immer so eingerichtet, daß wir im letzten Licht nach Hause kommen).
Wir sprachen von unseren Touren in die Provinz und erinnerten uns an die Namen der Dörfer: Berignol, Tamisat, Barandin-les-fleuves. Schon die Namen waren zauberhaft. Mauviron. Denkst du noch an den Sommer in Mauviron? Die Vogelbeerbäume an der Straße nach Mauviron und die Weinhügel dort, die Mostapfelgärten in der Ebene und die westlichen Berge unter dichtem Gestrüpp. Erzähl

mir von Mauviron! Was soll ich erzählen. Wir hatten ein Haus auf dem Hügel gemietet, weil es von Akazien umgeben war. Die Fenster reichten vom Boden zur Decke und das Treppengeländer bestand aus rostigen Eisenstangen. Die Küche war wie ein Swimmingpool grün gestrichen, die beiden Zimmer darüber waren leer, weiße Wände mit Nägeln in Augenhöhe, ein Bett, ein Tisch, drei Stühle und ein büffetartiges Möbel für die Kleider. Bücher und Zeitschriften lagen auf der Treppe. Die Fenster waren bei Tag und Nacht geöffnet, auch wenn das Haus in Regen und Nebel schwamm. Dole saß auf der Eisenstange ihres Fensters und beobachtete die Akazien, deren Blätter sich ununterbrochen bewegten, auch an Tagen ohne Luftbewegung, in der Windstille, flirrende, flatternde Blätter des Jesusdorn und ihre über die Hauswand rieselnden Schatten. Wenn der Nordwind durch die Blätter rannte, fühlte sie sich auf unerklärbare Weise wohl (ich hatte mich daran gewöhnt, daß ihre Gefühle unerklärbar waren). Leichtigkeit ihres Körpers im Licht, Haut und Haare aus Luft und das Gefühl, kurz vorm Fliegen zu sein, jetzt gleich fortfliegen zu können, in dieser Sekunde – so daß sie ganz still auf der Eisenstange saß und zu erfassen versuchte, was der Wind mit ihr und den Blättern machte. Wenn der Wind aussetzte, das Geräusch aus den Blättern fiel, war sie enttäuscht, als sei sie geliebt und sofort verlassen worden. Sie überlegte, allein und mit mir zusammen, womit das Geräusch bewegter Akazienblätter zu vergleichen sei. Ihr fielen Maisblätter ein und verbranntes Papier, sie dachte an Regen auf Heu oder Stroh. Wir verglichen das Geräusch mit dem Knistern von Seide, Rauschgold und Krepp, mit dem Rascheln von Schokoladenpapier, getrockneten Blumen, Zuckertüten, Luftpostzeitungen und Brausetabletten, die in zu wenig Wasser schäumten. Aber das war es noch nicht, das war nicht genau genug, und wir überlegten wochenlang, woran uns das Rascheln von Akazienblättern erinnere. Das Gedächtnis schien den Vergleich bereit zu halten, es fehlte ein Zufall, der ihn deutlich machte. Zwei Monate später war der Zufall da. Wir gingen zwischen Dörfern der Ile de France, an pappelbestandenen Wassergräben entlang und kamen an einen von Mauern eingeschlossenen Besitz. Pfauenschreie hallten im Viehhof. Pfauen sind blühende Hühner, sagte Dole, aber die Schreie, diese Schreie sind Gottgewimmer. Zwischen einzementierten Glassplittern auf der Mauer stand ein Pfau. Als wir uns näherten, fing er zu bäumen an. Über dem von Eitelkeit gespannten, auf der Stelle tretenden Körper richtete sich die Schleppe auf und wurde zum Rad, das geräuschvoll vibrierte. Hohläugige Federn, Spitzbartfedern, Mistkäferfarben, Regenbogenwedel! Die von anmaßender Kraft in Bewegung gesetzten, wippenden und zitternden, aneinander reibenden Federn wiederholten das Geräusch von Akazienblättern im Wind. Dole drückte die Augen zu, weil sie glaubte, nicht ertragen zu können, was sie sah, und nicht sehn wollte, was hier zu hören war: ihr persönli-

ches, bisher unvergleichbares Geräusch. Vielleicht war dieser Augenblick das Glück. Glück wollte zuviel oder zu wenig, es war noch immer das falsche Wort gewesen, aber hier, während der Pfau das Geräusch vormachte (und ich mich zu erinnern versuchte, wo ich Pfauenfedern schon mal gesehn hatte – in einem Casino in Wien? im Café Dante in Verona?) empfand sie mehr Freude, als zu ertragen war. Das Geräusch ließ nichts von ihr übrig. Sie hielt sich an mir fest und wollte weg. Dann öffnete sie die Augen und wir beobachteten den Pfau, dessen Schleppe langsam niederging.
Wer spricht zuerst? Wielange schon hat Dole den Freund verschwiegen? Wird sie je imstand sein, mir etwas zu sagen? Werde ich jemals imstand sein, sie danach zu fragen? Wer zerreißt das falsche Glück? Warum machen wir den Mund nicht auf?

Als wir von der Party bei Mona nach Hause kamen. Es gibt ein Zuhause für sie und für ihn, vielleicht eine Wohnung, die ihm gehört oder etwas Gemeinsames in Paris. Und der Name Mona, gleichgültig wer sie ist, beweist, daß sie gemeinsame Freunde haben, also ein offenes Leben führen; sie sind nicht Gefangene einer Verheimlichung.
Kurz oder dauerhaft, alt oder neu, zusammenhängend oder zerrissen – ein gemeinsames Leben.

Zum Nachtessen trafen wir uns am späten Abend. Der Verkehr hatte nachgelassen, die Stadt war leer. Die Restaurantfenster klirrten, wenn Autobusse vorbeifuhren, aber nachts war der Lärm nicht störend. Das Klirren von Fenstern und Weingläsern war ähnlich in einer Nacht. Am Ende des Abends fanden wir in fast jedem Restaurant einen guten Platz. Um diese Zeit war nicht zu befürchten, daß ein Kellner fremde Leute zu uns an den Tisch setzte. Dole liebte Fensterplätze mit Panorama – Blick, offenen Strand oder breite Straßen vor Augen, auch wenn in der Dunkelheit nur ein paar Bogenlampen zu erkennen waren.

In der Nacht geht alles leichter, sagte Dole, das Atmen, Sprechen und Zuhören, das Vorausdenken in die Zukunft und das Erinnern, die Zärtlichkeit kommt wieder, die Hände sind ruhig. Der Betrieb in den Restaurants war wieder normal. Wir nahmen unsere Mäntel mit an den Tisch und legten sie über freie Stühle, nachts hatten die Kellner nichts dagegen. Wir stellten die Blumen auf einen anderen Tisch, um Platz für Zeitungen und Bücher zu haben. Nachts wurde das Auge nicht gereizt, das Gehör wurde weniger beansprucht, der Tag war anonym, die Nacht war privat, sie gehörte dem Einzelnen und ließ ihn in Ruhe. Wir waren jetzt aufmerksamer als während des Tages, geduldiger, weniger verletzlich. In der Nacht dachte keiner nur an sich selbst. Nicht sprechen zu wollen oder nichts sagen zu können brachte niemanden in Verlegenheit. Das Schweigen strengte nicht an und die Gesprächspausen machten uns nicht nervös. Wir sprachen oder wir sprachen nicht. Es ist schön, miteinander am Tisch zu sitzen, sagte Dole, einfach dazusitzen und

Wein zu trinken; du siehst mir in das Gesicht und lachst, wenn wir lachen können ist alles gut, ich vergesse, was heute los war und kann mich entspannen, ich bekomme wieder ein leichtes Gefühl für mich selbst. Unsere Gespräche waren nichts Besonderes. Wir sprachen über alles und über nichts. Wir hatten Zeit und waren uns einig. Das Wort Gesprächsthema existierte nicht.
Während wir aßen und tranken, erinnerten wir uns an frühere Nachtessen. Weißt du noch – das öde kalte Speisehaus in Zacatecas, und wir waren den ganzen Tag durch den Regen gefahren. Der eisige Steinboden unter den kalten Füßen. Die Holzdecke voller Fliegenfänger und die abgebrochenen Garderobenhaken in der Veranda mit den blauen Fenstern. Wir hängten unsere Mäntel an einen Spiegel, später stellten wir fest, daß die Knöpfe fehlten. Irgendein Spaßvogel muß die Knöpfe abgeschnitten haben, während wir unter Fliegenfängern saßen. Aber wer schneidet Knöpfe ab und läßt das Geld in den Taschen? Rätselhaft. Und die Gaststuben in den Weindörfern, die Tonkrüge auf den Regalen, die schweren grünen Kachelöfen und die Saunahitze auf den Ofenbänken. Der Schnaps in dicken Gläsern, das Brot auf dem Tisch, Nüsse und Wein in einer Oktobernacht. Und die Bahnhofsrestaurants, wenn ein Abschied bevorstand, wie viele Bahnhöfe in wie vielen Städten. Alte traurige Bahnhofskellner, warum sind die Bahnhofskellner so alt und traurig, und sie sind doch fast die einzigen Leute gewesen, die auch mal freundlich waren, wenn es

uns schlecht ging. Und die billigen Imbißstuben am Jerichoplatz und die griechischen, türkischen, spanischen Kneipen mit den Musikboxen, endlose Honigmusiken Kannitverstahn, die wir schon deshalb gerne hörten, weil wir die Texte nicht zu verstehen brauchten. Die rauchige Knoblauchhöhle unter Arkarden, als wir kein Geld hatten und unsere Abendessen Fischsuppenfeste an klebrigen Tischen waren. Jahrelang Pommes Frites und ein paar welke Salatblätter, Jahre ohne Speisekarte und ohne Wein. Das sind keine schlechten Zeiten gewesen, sagte Dole, aber jetzt geht es uns besser, ich bin immer noch froh, daß es uns besser geht; ich habe mich nicht an die Freude gewöhnt; es gibt jetzt Augenblicke, in denen ich fast sorglos bin, fast sorglos sein könnte; es ist gut, daß wir wissen, wie es billig schmeckt und daß wir das beide erfahren haben; jedenfalls haben wir jetzt keine falschen Vorstellungen, vorallendingen keine Ansprüche; es wäre unerträglich, wenn einer von beiden Ansprüche hätte; wir sind nicht verwöhnt, nein wir sind nicht verwöhnt; und ich glaube auch nicht, daß uns die Freude verwöhnt machen kann; ich brauche nicht viel, für mich selber fast nichts; ich könnte wieder von Brot und Fischsuppen leben.

Es ging uns gut und wir wußten, daß es uns gut ging. Wir glaubten immer noch, bescheiden zu sein. Aber wir konnten uns das Restaurant aussuchen (stell dir mal vor, was das heißt, sagte Dole) und wir konnten fast jede Nacht zusammen verbringen, bis gegen Morgen und manchmal bis in den Tag. Wir

vergaßen nichts und ließen nichts kaputt gehn. Wir aßen zur Nacht im Bewußtsein, Zeit zu haben, und hörten die Straßengeräusche vor den Fenstern, die Schritte der Liebespaare und das Lachen der Betrunkenen. Schweigend oder sprechend dachten wir die Dunkelheit mit, die Jahreszeit und die Städte, in die wir für ein Wochenende gekommen waren. Die leeren, langsam fahrenden oder im Regen parkenden Taxis, die schäbigen Hotels mit den Weltklasse-Namen (wir kannten einige aus der Zeit des Anfangs, als wir in billigen Zimmern verabredet waren). Die Gartenstraßen, die Parks und die Tennisplätze, Villen und Bungalows unter Ulmen, Sacharinschachteln für die entsprechenden Leute, aber für mich ist das nichts, sagte Dole, ich könnte nie in solchen Kästen leben. Die mit Laub überschütteten Bahndämme im November, Rauch und Windlichtzauber eines frühen Juniabends, die Flohkinos auf der Nordseite, die Humboldtstraße mit den schmierigen Kellerkneipen, wo Katzen Fischreste unter Bänken fraßen; die Flußbrücken in der Nacht und die Uferwege am Kanal, Lametta – Geräusch in U-Bahnschächten, Sommerabende in einem Biergarten und plötzlicher Rock'n Roll, wenn ein Betrunkener aus der Nachtbar fiel und die Schwingtür sekundenlang zur Straße hin offen stand. Und wir dachten die Zeit mit, eine frühe Nacht, uneingeschränkt und kostbar für die Liebe.
Unser Nachtessen hielt einen Kellner wach, der sich so unaufdringlich wie möglich am Durchgang zur Küche aufhielt. Dole sagte: wir können den Kellner

nicht die halbe Nacht hier herumlungern lassen. Wir beschlossen, noch eine Zigarette zu rauchen und dann zu gehn. Aber wir vergaßen den Kellner und brachen erst auf, wenn in einer Ecke das Licht ausging und die Stühle zusammengeschoben wurden.
Es war Mitternacht, wenn wir aus dem Restaurant kamen. Wir hatten gut und viel gegessen, wir hatten Wein getrunken und hatten gelacht. Andere Leute konnten uns sehn und sagen: ihre Gesichter sind schön. Wir gingen an leeren Garderoben vorbei ins Freie und hörten die Schlüssel hinter uns in der Tür. Mit offenen Mänteln standen wir im leichten Regen. Die Nässe raschelte in den Bäumen, Plantanenblätter bewegten sich um die Laternen. Doles Gang war unentschlossen; sie wartete ab, was weiter geschah. Irgendwelche Leute, die wir anrufen könnten? Irgendeine Party, irgendwo? Gehn wir zu dir oder gehn wir zu mir? Dole blieb stehn und sah mich an, meine Augen und Lippen. Ich blieb stehn und suchte ihr Gesicht, den ruhigen schwarzen Schimmer ihrer Augen, um herauszufinden, an was sie dachte. Das alles war schön. Die Nacht und die Ruhe ermöglichten zu sagen, daß dies alles schön war. In der Dunkelheit war, was wir sagten, deutlich zu hören, und wir ließen uns Zeit zu sprechen und zuzuhören. Es waren die vertrauten Wörter unserer Sprache, aber die Betonungen schienen verändert. In der Nacht besaß jedes Wort einen neuen Klang, der aufmerksam machte und Zärtlichkeit versprach. Oder wir waren ausgelassen genug, uns

nichts aus irgendwelchen Wörtern zu machen. Wir redeten drauflos und durcheinander; Wörter, Küsse, Regentropfen und Doles Parfüm vermischten sich zwischen unseren Gesichtern. Wir zogen und schoben uns über die Trottoire, rannten über leere Plätze und lachten laut. Bleib stehn, ich kann unsere Schritte hören! rief Dole. Wir blieben stehn und hörten den Rest unseres Lachens zwischen den Hauswänden. Ein paar Straßen weiter überlegten wir, wo der Wagen geparkt war. Ich kann mich nicht mehr genau erinnern, sagte Dole, am Wein kann es nicht liegen, wir haben nicht mehr getrunken als sonst; es liegt nicht am Wein, uns fehlt bloß der hundertprozentige Autoparkblick. Mit Autoparkblicken liefen wir über die Plätze und konnten den Wagen nicht finden. Ich glaube, hinter dem Naturkundemuseum, sagte Dole. Wir suchten das Naturkundemuseum, liefen mehrmals um den Block und stellten fest, daß der Wagen weder vor noch hinter dem Naturkundemuseum geparkt war. Wir entzifferten Nummernschilder von PKWs und fragten uns, welche Nummer der Wagen habe und wo wir ihn normalerweise, vernünftigerweise oder in schwierigem Verkehr geparkt haben könnten. Irgendwie kann ich mir Autos nicht richtig merken, sagte Dole, ich weiß immer noch nicht, wie dein Auto aussieht. Wenn wir den Wagen schließlich gefunden hatten (er stand gewöhnlich vor dem Lokal, in dem wir gegessen hatten), schworen wir uns, das nächste Mal besser aufzupassen. Oder weniger Wein trinken, sagte Dole. Während der Motor warm lief, saßen wir zwischen verregneten Scheiben und überlegten, was wir in der immer noch bevorstehenden Nacht tun würden. Die Nacht und der Wein sind dasselbe, sagte Dole, ich kann mir ein Nachtessen nicht ohne Wein vorstellen. Weintrinken in der Nacht – das gehörte zum Glück, man trank seinen Wein wie ein alter Bauer, bedächtig. Während des Tages hatten wir zu tun, an getrennten Orten und zu verschiedener Zeit, und an den Mittagen tranken wir lieber Kaffee, oder nur wenig Wein und viel Kaffee, um Kopfschmerz, Rausch und Melancholie zu vermeiden. Alles Schöne machen wir in der Nacht, sagte Dole. Ich bin zwar nicht gerne vernünftig mit dir, aber wenn es sein muß, kann ich auch mal vernünftig sein. Nachts tranken wir ohne Rücksicht auf den Tag. Nächtlicher Wein hatte weder Kopfschmerz noch Melancholie zur Folge. Die Nacht und der Wein waren fast dasselbe.

Nachts waren wir gern die letzten Gäste. Zwischen abgeräumten Tischen verspürten wir keine Verlorenheit. Tellerklappern in einer Küche, klirrende Fenster und Weingläser störten nicht. Wir brauchten keinen Krawall aus Stimmungskanonen, wir vermißten weder Rock'n Roll noch die neuesten Nachrichten. Am Morgen war das etwas anderes. Wir trafen uns zum Frühstück im Espresso, standen in der Nähe der Musikbox und blickten durch offene Türen in den Verkehr. Wir lasen Zeitungen und redeten laut und es störte uns weder das Gurgeln der Kaffeemaschine noch das Pfeifen des Kellners, der Sägmehl zwischen den Schuhen zusammenfegte. Aber beim Nachtessen waren wir lieber allein. Allein, das ist unsere Chance in dem Ellenbogenbetrieb, sagte Dole. Wir gingen gern auf eine gute Party, aber wir gingen auch gern wieder von dort weg. Wir betranken uns gern mit allerlei Leuten in einer Stehbierkneipe, aber wir waren auch gerne nüchtern unter vier Augen. Wir fuhren gern betrunken über den Damm, aber wir saßen auch gerne hinten im Wagen und hörten zu, was die anderen sagten. Wir entbehrten nichts, wenn wir allein waren. Nichts fehlt mir von dir und von mir, sagte Dole, falls es das Glück gibt, muß es sowas sein – mühelose Gerechtigkeit für zwei. Unser Alleinsein war unverzichtbar, erste und letzte Voraussetzung für das Glück. Aber wir brauchten nicht Glück, sondern Zeit; nicht Zeit, sondern Freude ohne Betrieb; nicht Freude ohne Betrieb, sondern Unabhängigkeit in nächtlicher Ruhe. Ruhe war nötig, um Dole nach Tagen oder Wochen der Abwesenheit zu betrachten und festzustellen, welches Armband sie trug und welche Kleider. Viel nächtliche Zeit war nötig, um vielleicht zu erfahren, welches Entsetzen sich in ihr abgespielt hatte und was für Bezauberungen ihr widerfahren waren in einem Augenblick, den ich nicht miterlebt hatte. Zeit war nötig, um etwas von ihr zu erfahren, ohne sie danach zu fragen. Uneingeschränkte Zeit war nötig, um Dole herauszufordern oder in Ruhe zu lassen. Die Nacht und die Liebe waren dasselbe.

Sie scheint den ganzen Tag geschlafen zu haben. Ich sah sie am Morgen, dann wieder in der Nacht. Sie stand am Küchentisch und machte Kaffee. Ohne mich anzusehn, fragte sie, wie es mir geht. Sie sah erschöpft aus, ein verlorenes Lächeln. Sie hält es offenbar nicht für möglich, daß ich ihr verändertes Wesen bemerke. Früher hätte ich sie in die Arme genommen.
Ich hätte sie in die Arme nehmen sollen.

Leere Straßen, Wintertage in der Provinz, schnelles Fahren im durchsonnten Nebel. Weingärten im Regen und Krähenschreie in weißer Düsternis. Ausgefahrene Sandwege zwischen Mauern, Radspuren voll Wasser und die leeren, fauligen Köpfe der Sonnenblumen. Dole sagte: das Gras sieht aus, als sei es aus einer Matratze gerissen worden, die nassen Steine sehn schwerer aus als sie sind. Die letzten Blätter turnten in Augenhöhe, schwarz geworden im tropfenden Unterholz. Geschälte Baumstämme über den Straßengräben, von Fäulnis durchsäuerte, beißende, kalte Luft. Wir stelzten durch die Pfützen und hielten uns fest, wir sprangen über die Gräben und fingen uns auf. Dole blieb stehn, wenn ein Blatt durch die Stille fiel, unüberhörbar einzeln an Äste stieß und im gesammelten Laub auf dem Boden verschwand. Wir gingen hintereinander durch nasses Gestrüpp, Wasser kugelte über die Mantelkragen und wurde aus Doles Gesicht geküßt. Es sind aber keine Tränen, sagte Dole, ich weine nicht oft. Sie weint nicht oft, ihre Augen sind klar und ihre Backen sehn wie Borsdorfer Äpfel aus; wenn sie fünfundachtzig Jahre alt ist, eine gebeugte Dame, wird sie zwei kleine Tränensäcke haben, aber jetzt ist sie tränenlos jung, sie ist schön wie – schön wie was, fragte Dole. Mir fiel kein Vergleich ein.

Gottseidank habe ich meine festen Stiefel angezogen (sagte Dole), die dicken Lederstullen aus Tirol, erinnerst du dich, wie wir die Schuhe kauften, im Warensilo neben der blauen Weinhandlung, ich kaufte meinen neunzehnten Regenschirm und schenkte dir ein grünes Schnapsglas, hast du das grüne Schnapsglas noch? Und der Ziegenfellmantel mit dem Pelzkragen und den eingenähten, zu engen Leinentäschchen und der braune Shawl mit dem Elefantenmuster, wer hat mir den braunen Shawl geschenkt, hast du mir den braunen Shawl geschenkt? Sie warf Schneebeeren auf den Weg und zerdrückte sie mit dem Schuh, die Beerenhaut platzte mit matschigem Knall, ein Geräusch aus der Kindheit, sagte Dole, jeder hat Schneebeeren mal mit dem Schuh zerknallt. Ich habe es auch mit dem Daumen versucht, aber das gelingt nicht, man kann eine Beere nicht mit den Fingern zerknallen, nicht mal mit der Faust; man muß auf die Beere treten, schnell und boshaft, damit sie die schöne Explosion von sich gibt. Aber man soll Schneebeeren nicht zerknallen, weißt du warum? Weil die Vögel Schneebeeren fressen im Schnee, wenn kein Futter mehr da ist. Schneebeeren fressen im Schnee, das habe ich mir gemerkt. Von allen Sachen, die ich gelernt habe, sind mir nur die verrückten oder poetischen Einzelheiten in Erinnerung geblieben. Es war mal ein Geigenbauer, der lebte in Straßburg und hieß Nörgelpuff – und das ist alles, was ich von Straßburg weiß. Sie zerknallte Schneebeeren ohne Rücksicht auf den Vogelwinter. Sie sammelte einzelne Blätter aus dem Gestrüpp, trocknete sie zwischen den Handflächen, steckte sie in die Tasche und fand sie nach Monaten wieder, seidige Krümel an den Fingerspitzen. Wir waren in jeder Jahreszeit unterwegs. Wenn der Föhn die Winterdämmerung wärmte, der Regen unter das Mantelfutter kroch, schlechtgelaunter Landregen im April. Wir rannten auf Weinbergtreppen ins nächste Dorf, wenn ein Gewitter hinter den Hügeln aufstieg – teuflische Kochtopfwolken, sagte Dole – und wir gingen im Juli durch Stechmückenschwärme und Glast, Augenschließlicht, Schlaflicht, Schwitzbadsüden. Schön waren die Vogelbeerbäume im Herbst und die Hohlwege zwischen den Weinterrassen, wenn Septemberhitze den Lehm zerriß – von der Wegwand rieselte Staub über die Sandalen. Am schönsten war die Erntezeit in den Kirschgärten, volle Körbe und lange Leitern im Laub, Kirschbaumhimmel voller Bauernbeine. Und der Holunder in den Vorstadtgärten, süße Holundersuppe im August, als ich klein war, sagte Dole, erschrak der Spiegel vor meinen blauen Zähnen. Wir liefen tagelang durch das Gebirge, Jägersteige durch Geröll und Ginster. Sommergewölk hing in Trauben über dem Kopf, der Nordwind kämmte das Gras und schauerte durch die Mulden. Aus dem Unterholz schwirrten Rebhuhnfamilien, gefiederte Düsen über die Steine weg, und Regenpfeifer irrten durch das Gestrüpp, wir hörten die Flügelschläge und sahen nichts. Und die Füchse natürlich, sagte Dole, gefallen dir Füchse? Ich kannte mal einen Fuchs in der Schweiz, er flüchtete auf einer Schotterhalde, geräuschlos über die lockeren spitzen Steine, kein Stein bewegte sich, wie war das möglich, kein einziger Stein, ich habe es gesehn. Er blieb am Waldrand stehn und sah mich an, trabte dann in die Berge, hochnäsig, ein Misanthrop. Und der Fuchs, den ich vom Zugfenster aus gesehen habe. Er stand auf einem Fußballplatz und beobachtete den Zug, brauner, alter, überlebender König, und ich war stolz, weil er keine Angst vor uns hatte. Das war nördlich von Dijon, ob man die Füchse dort nicht erschießt? Man erschießt sie sonst überall und wirft sie weg oder hängt sie an Straßenschilder.

Wir liefen im Frühjahr am Wasser entlang, wenn die Segelboote gestrichen wurden, zahllos und bunt auf Holzböcken in der Sonne. Unruhige Luft über dem Wasser, Ebene unter Kälteschauern, Uferwege voll Schlamm und leuchtende Weiden – alles nördlich, wie du es liebst. Aber auch komisch, sagte Dole, der Familienbetrieb am Wasser, die Hemdärmelmänner mit ihren Farbtöpfen, die Kinder mit Kofferradio unter den Booten, die in Decken gepackten Tanten auf Campingstühlen und diese kopflosen eiligen Taucherenten. Die Strände der Buchten waren leer,

in den Ruderclubs wurde Bier getrunken. Wenn die Märzsonne erstmals wärmte, saßen wir vor einem Café am Fluß. Zwischen Klapptischbeinen schmolz der Schnee. Onkelhaft joviale Kellner kamen im Plattfußschritt und servierten verschüttetes Bier. Wir liefen alte Wege am Fluß entlang und beobachteten Schleppkähne, die unter Wäschesegeln nach Holland schwammen, Ausflugsdampfer voller Frauenvereine, Gelächter von Schnapsdrosseln und Musik auf dem Wasser. Wir warteten, bis die Bugwelle kam, dann klatschte der Schaum an die Bäume und zischte im Schilf. In nassen Schuhen rannten wir durch trockenen Sand. Wir lagen im Halbschlaf unter Akazien und Birken, weil Dole Akazien und Birken liebte, ihre luftigen Schatten auf dem Gras. Das sind die schönsten Schatten, die es gibt, sie sind so hell, beweglich und leicht. Bring irgendwen in den Schatten einer Akazie und er ist schön. Birken und Akazien sind meine Bäume, ich könnte immer in einem Akazienland leben. Schwerelosigkeit und Licht im Sommer – ob andere Leute auch so verrückt danach sind? An stürmischen Abenden im Oktober fuhren wir auf das Land und sammelten Nüsse. Grüne Nußschalen, braune Hände und der bittere Geruch an den Fingerspitzen. Wenn der Bauer auf seinen Nußboden kam, waren wir wieder auf der Autobahn. Wir erklärten uns zu Mundräubern aus Passion und sprachen uns und alle Nußdiebe frei.
Für mich ist das alles nicht selbstverständlich, sagte Dole. Ich nehme das alles ganz persönlich, habe es

immer persönlich genommen, ein Mittagessen mit dir in einer Boulettenkneipe, eine Autofahrt nach Kärnten, eine Regennacht auf dem Land. Ich bin glücklich, wenn ich etwas entdecke, womit ich übereinstimmen kann. Zuwenige Übereinstimmungen sind möglich, zuwenige Tatsachen, die ich bejahen könnte, zuwenige Menschen, denen ich zustimmen kann. Nichts ist selbstverständlich je älter ich werde. Ein Lachen zu zweit, die Gesundheit, der Schlaf, die Entdeckung einer unzerstörten Landschaft und Freude über ein Spielzeug, das du mir schenkst – ich nehme das nicht, als stünde es mir zu. Ein gemeinsam verbrachter Tag war nicht selbstverständlich, obwohl wir hunderte von Tagen zusammen verbracht hatten und es für alle, außer für uns, ganz selbstverständlich war, daß wir hunderte von Tagen und Nächten zusammen verbracht hatten und in Zukunft zusammen verbringen würden

... und wäre jetzt gern bei Dir. Sehr gern würde ich etwas für Dich tun, Dir eine Zeitung mit guten Nachrichten kaufen, Frühstücksbutter aus Deinem Mundwinkel küssen. Dir zuliebe kann ich alles tun: arbeiten, früh aufstehn, vernünftig sein
Ihm zuliebe die Kraft zur Unaufrichtigkeit, dieses sonderbare *Vernünftigsein.* Was bedeutet Vernunft in ihrem Fall? Was weiß der andere von uns und was weiß er von mir? Was hat Dole von uns preisgegeben? Hat sie überhaupt etwas preisgegeben? Ist es möglich, den einen zu lieben, ohne vom andern

etwas preiszugeben? Ihm zuliebe Täuschung und getrennte Gefühle, aber auch ihrem gewohnten Dasein zuliebe und weil sie keinen Menschen verletzen will. Sie braucht ein unverletztes Leben nach allen Seiten. Wo führt das hin? Sie liebt diesen Mann, das beweist jede Zeile des Briefs, und sie liebt mich, denn sie lügt nicht in unserem Bett. Ihr Körper ist das Aufrichtigste, was ich kenne.
Es handelt sich nicht um eine Affaire. Würde es sich um eine Affaire handeln, hätte ich das von Dole erfahren. Ein Affaire beansprucht wenig und löst sich auf. Der Gedanke an eine Affaire müßte mich eigentlich beruhigen, es ist aber nicht der Fall. Dole, in eine Affaire verwickelt – das ist eine Vorstellung, die mich bedrückt. Was ist mit ihr geschehn, daß sie in eine Affaire gerät? Ich weiß, daß sie liebt, sie verausgabt sich nicht in seelischer Ungenauigkeit und sie läßt sich nicht lieben, sie läßt sich nicht einfach lieben. Eine Affaire hat sie nie gebraucht. Ich erwarte von Dole, daß sie liebt. Unbedingt liebt sie selbst, zu Halbheiten ist sie nicht fähig. Was ich von ihr weiß, überzeugt mich davon, daß sie wirklich und bedingungslos liebt.
Es kann ihr nicht gut gehn.

Sie ist heute Nachmittag nach Brüssel gefahren. Ich habe sie zum nächsten Bahnhof gebracht (Kleinstadtbahnhof mit Musikpavillon auf dem Vorplatz, Papierkörbe und Blumenrabatten, so sieht das hier überall im Hinterland aus). Im Wartesaal eine Fotokabine, sie blieb davor stehn und wollte nicht weiter. Wollen wir uns fotografieren lassen? Laß uns ein paar verrückte Bilder machen! Als ich klein war, ließ ich mich dauernd fotografieren, ich war besessen davon, mich auf Bildern zu sehn. Wenn ich zwei Mark hatte, lief ich zum Bahnhof und kroch in den Apparat, das war eine kleine graue Kabine auf Gummifüßen, mit drehbarem Stuhl und schwarzem Vorhang. Dafür schminkte ich mich zum erstenmal, es war ein Geheimnis. Aber das Fotografieren ging furchtbar schnell, ich verpaßte meinen besten Ausdruck, immer wieder verpaßte ich meinen Ausdruck. Wenn das Blitzlicht kam, war ich nicht vorbereitet, sah immer falsch aus, verträumt oder hilflos. Ich hatte ein schönes Lächeln eingeübt, romantisch-verächtlich, mit dicken Schlafzimmeraugen, mit solchen Augen kam ich mir wirklicher vor. Ich versteckte die Fotos in meinem Geldbeutel und sah sie an, wenn ich allein war, nachts im Bett oder auf der Toilette. Nach ein paar Tagen warf ich sie weg und ging wieder zum Bahnhof. Keine Ahnung, warum ich mich so oft fotografieren ließ. Ich kam mir ungeliebt vor, trotz vieler Freunde, und meine Zähne waren viel zu groß. Jetzt ist es umgekehrt und wieder nicht richtig: ich sehe auf Fotos schöner aus als ich bin.

Wir zwängten uns in die Kabine und hielten viermal still. Der Kasten vibrierte mit Dieselgeräusch und spuckte einen feuchten Bildstreifen aus. Wir sahen uns viermal ähnlich trotz zweifelnder Blicke, Dole steckte alle Bilder ein. Dann war keine Zeit mehr. Überstürztes Lebwohl vor dem haltenden Zug.

Angedeutete Zärtlichkeit. Der fiebrige Glanz in ihren Augen, der winkende Handschuh. Ich wollte nicht in den Bungalow zurück. Stundenlang unterwegs auf leeren Chausseen. Schnelles Fahren in der Dämmerung. Aufatmen in der Dunkelheit, allein.
Wir gingen auf die Friedhöfe der Dörfer, Efeugelände hinter Kirchmauern, wo Platten und Steine zerbrochen im Unkraut lagen oder, von Wurzeln gehoben, vorm Umkippen standen. Wir entzifferten in Blech gestanzte, in Stein gehauene und mit Moos überwachsene Namen von Toten; Maisbauern, Tagelöhner und Briefträger, die vor achtzig Jahren in hohem Alter gestorben waren. Johann Zechbiegler unvergessen, Friedrich Delani, Anton Winterbier. Wir entdeckten Fotografien hinter Glas, retouschierte Offiziere in blindem Oval, Casanovabärte aus altem Weinadel und die Gräber der Witwen unter Rosen aus Glas. Hinter der Friedhofsmauer sind Gießkannen versteckt, sagte Dole, brauchen wir eine Gießkanne? Darf ich dir einen durchlöcherten Eimer schenken? Wir sahen die Bauerngärten am Rand der Dörfer, Astern und Kürbisse in grüner Wildnis, Malven im Regen und schwarze Sonnenblumen. Brennesseln wucherten um die Lattenzäune. Im Krieg macht man Brennesseln zu Spinat, sagte Dole, jetzt läßt man sie stehn oder sichelt sie weg, ich liebe Brennesseln, weil sie wertlos sind, je suis de la mauvaise herbe, mich langweilen Rosen. Man kann Brennesseln anfassen, ohne daß es schmerzt – weißt du wie? Sie packte ein Blatt mit zwei Fingern und riß es ab. Ganz einfach,

du mußt fest anfassen und darfst keine Angst haben. Wenn du Angst hast, wirst du von der Brennessel gebissen und bekommst diese kleinen juckenden Blasen. Das habe ich von meinem Vater gelernt: man faßt eine Brennessel an wie eine Geliebte, leicht, fest, sicher und ohne Angst. Hast du mich angefaßt, auf diese Weise? Wir standen umarmt auf der Straße und faßten uns an. Es war herrlich, nebeneinander durch die Obstgärten zu gehn und den Atem des andern zu hören, die gemeinsamen Schritte. Und es war notwendig, auf dem Land zu sein, seit die Luft in den Städten schlechter wurde und Dole immer häufiger Kopfschmerzen bekam. Wir hatten Tage und Nächte zusammen verbracht, die wir uns nicht auszudenken brauchten, die kein Mensch sich hätte ausdenken können, gleichgültig wo wir waren, auf einem Heuweg oder in Chicago. Wir bewegten uns in der Landschaft als gehöre sie uns. Sie gehörte uns, solang wir kein Grundstück besaßen. Wir wollen keine Häuser baun, sagte Dole.

Wir entdeckten Schlösser, die zu verkaufen waren, Bruchsteinkästen mit hängenden Läden, gelockerten Supraporten, Einsturzgefahr. Wir wateten über laubverschwemmte Terrassen, Alleen und Teiche übermodert von Laub. Unter Platanen eine Orangerie, die Brettertür sprang ohne Widerstand auf. Winterkalte Säle, Reste von farbigem Glas in den Fensterbogen, regenfleckiger Stuck über Möbeln und Kutschen. Puttenköpfe, Marderfallen und Hundehütten aus dem Biedermeier – was für Ge-

rümpel wir wegschleppen könnten! Es gab Schlösser, die in der Landwirtschaft verwendet wurden, Kartoffeln, Stroh und Spaltholz im Salon, Treppenhäuser voll Vieh, zerstampftes Parkett. Kühe widerkäuten vor blinden Spiegeln und Ziegen fraßen Heu aus dem Cheminee. Zerschlagene Fässer im Kellergewölbe, ruinierte Heizungen, Rattenrennbahn, Taxushecken, die nicht mehr beschnitten wurden und Dole mit weichen, fettigen Zweigen streiften. Wenn wir ein Schloß besäßen, sagte Dole, ob wir damit was anfangen könnten? Wir hätten aufeinmal Schulden und viele Freunde. Stell dir mal vor, wer alles käme, in dicken Wagen oder per autostop, die Freunde der Freunde und ihre Bekannten, die Freunde der Bekannten und ihre Geliebten, die Neffen der Geliebten und ihre Töchter, die Freundinnen der Töchter und ihre Verehrer und die Schwestern der Verehrer mit ihren Verehrern. Der Sommer wäre eine einzige Party. Wir würden Wildschweine auf der Terrasse braten und durch die leeren Säle tanzen, weitschweifige ölige Tangos, du weißt schon. Wir würden uns eine starke Matratze besorgen und zwischen Rattenfallen auf dem Fußboden schlafen. Und wir könnten die Nächte unter Bäumen verbringen, falls es dort keine Stechmükken gibt. Und im Winter, was macht man im Winter in solchen Kästen? Wir könnten mit allem was anfangen, sagte Dole.
Wir gingen durch die Hochhausviertel an der Autobahn und liefen um die verqualmten Müllplätze am Stadtrand. Wir entdeckten Ziegeleien der Jahrhun-

dertwende, Schrebergärten, Autofriedhöfe und Kohlenlager an der Periferie. Wir kamen an kaputten Wohnbaracken vorbei und stellten uns vor, wie die Arbeiter dort mit ihren Familien gelebt hatten und wie sie noch heute in solchen Baracken lebten. Wir entdeckten Zigeunerlager und Campingplätze, alte Pferdewege neben neuen Chausseen (Schafherden pladderten über das Kopfsteinpflaster). Vor geschlossenen Bahnschranken standen wir auf der Straße und wetteten, wann welcher Zug mit wievielen Wagen käme – ein D-Zug aus Wien? der Schnellzug Hamburg – Paris? Es kamen Triebwagen, Zementzüge und einzelne Lokomotiven, Arm in Arm verloren wir jede Wette. Alle unsere Züge, sagte Dole, Hamburg – Mailand und Warschau – Paris, die vielen Abschiede auf wievielen Bahnhöfen, die endlosen Winternächte im Zugabteil, von dir weg oder zu dir hin. Aber jetzt geht es uns gut, das ist unvergleichlich. Wir sind zusammen, so oft wir wollen, wir dürfen das gar nicht sagen: wie gut es uns geht. Unmöglich, herumzuposaunen, daß wir glückliche Leute sind im Vergleich zu anderen. Aber ein Zufall ist das nicht, wir sind keine Glückspilze. Der Wille zu etwas Haltbarem hat mit Glück nichts zu tun. Es kommt mir so egoistisch vor, daß ich glücklich sein kann, ohne Grund, oft besinnungslos glücklich. Ist das Egoismus? Sind wir Egoisten?

Wir gingen durch Januartage ohne Schnee, das Sausen des Föhn war ein Bestandteil der Stille, trockenes, langsames Stübern im Nadelholz und Luftwir-

bel über plattgetretenem Laub. Schön war der frisch gefallene Schnee am Morgen, wenn man als erster eine Spur hinterließ. Es war atemberaubend, durch frischen Schnee zu gehn, den Schnee mit der Schuhspitze aufzureißen und im leichten, sauberen, flirrenden Weiß zu stehn. Wir standen im Schnee, sahen Weiß und hörten nichts, so eine Stille gab es nur im Traum, viel weniger im Traum als im frischen Schnee, viel mehr im frischen Schnee als in jedem Schlaf. Dreispitzspuren zu Fuß gehender Krähen, wo sind denn die Raben, fragte Dole, im Winter auf dem Land sind doch Krähen und Raben, ich sehe bloß immer die Krähen, nie die Raben. Und kannst du feststellen, auf welche Weise dein Atem sich in der Kälte auflöst? Der Atem kommt weiß aus dem Mund und verschwindet farblos. Er löst sich nach allen Seiten auf, er zerfranzt, er verpufft, nein er löst sich auf. Nein er schmilzt weg, er reißt auseinander. Der Atem löste sich auf, und fertig. (Dasselbe beim Beobachten der Dämmerung. Du siehst, daß es hell, dann daß es fast dunkel ist. Vom Dunkelwerden hast du nichts bemerkt. Erklär mir das Dunkelwerden, sagte Dole).
Schneeflocken in der Luft und vereiste Seen. Wir liefen auf das beschneite Eis zu den Anglern, die in Wattejacken vor ihren Löchern rauchten, Aktentaschen und Eimer neben sich. In der Kälte spannte das Gesicht, die Hände wurden taub und die Lippen hart – sie werden wieder weich, wenn du mich küßt. Es war ein Genuß, durch Rauhreiftage zu gehn, unter glasigfunkelnden Telegrafendrähten, im him-

meloffenen, ungewaschenen Weiß, das von keiner Reklame entdeckt worden war. Der Winterabend begann am Nachmittag. Die Angler trugen volle Eimer nach Hause. Der Schnee wurde blau, jeder Baum ein Vogelhaus, Geflatter in Krähenbäumen, schläfriges Krächzen, Uferbäume und Bootshäuser dunkel. Glattgerodelte Wege im Zwielicht. Wir balancierten in eine Ortschaft, an hochgeschaufeltem Schnee vorbei in das nächste Gasthaus. In der Gaststube war es so heiß, daß die Brille beschlug und die Finger schmerzten. Es roch nach Schinkenomelett, Zigarren und Wein. Der Bauernstammtisch redete Dialekt, viel Hobelspäne im Maul und Bauchrednerei, ich kann das bloß verstehn, wenn aus der Zeitung zitiert wird. Kannst du dir vorstellen, ein Leben lang im gleichen Haus zu wohnen, mit denselben Leuten, an einem Ort? Vielleicht beneidenswert, vielleicht ein Alptraum? Ob man das Gefühl für die Zeit verliert, wenn man gleichbleibend lebt, ohne Aufbruch und Abschied? Alles Endgültige ist zum Verzweifeln traurig, ich möchte nicht ohne Aufbruch und Abschied leben. Es war beneidenswert, Hunger zu haben und auf ein Essen zu warten, das man bezahlen konnte, Kartoffeln und Pfifferlinge in Butter gebraten, oder Brot mit Speck. Schon nachmittags freuten wir uns auf den Augenblick, wenn der Wein auf den Tisch kam, Weißwein, ein randvolles, kaltes Glas, Doles Gläser und Teller mußten voll sein. Beim Essen wurde die Haut wieder warm und der Mund beweglich. Wir spürten jetzt die Müdigkeit in den Füßen, aber der

Körper war leicht, der Kopf war erfrischt. Die erste Zigarette schmeckte nach Zucker und Teer, das paßte nicht zum Wein, wir rauchten trotzdem. Wir saßen am Tisch bis wir uns schläfrig fühlten, dann hatten wir wieder Lust auf die Kälte draußen. Wir gingen auf Eis und Streusand durch den Ort und hörten Fernsehgeräusche hinter den Fenstern, Hundegebell in Zimmern und Kettenschlagen in einem Viehstall. Der Wagen stand auf dem Parkplatz vor der Kirche. Wir wischten den Schnee von den Scheiben, setzten uns dicht nebeneinander in die kalten Sitze und fuhren nach Hause, rauchend, schweigsam. Schön, wenn es eine Föhnnacht war und das Wagendach offen.
Wenn wir müde waren, nahmen wir uns keine großen Reisen vor. Wir packten Bücher für ein paar Wochen ein und verzogen uns in eine schläfrige Gegend, die nur Wolkenkukucken bekannt war. Wir mieteten ein Haus in den Bergen und fuhren im Schlafwagen hin, die vorletzte Strecke im Personenzug, die letzte im Taxi. Es erschien uns als Luxus, nicht mit dem Wagen zu fahren, sondern ausnahmsweise mit dem Zug. Wir tranken Wein im nächtlichen Schlafabteil und schliefen geschaukelt auf einem schmalen Bett. Oder wir saßen am Fenster des Speisewagens, während draußen der Tag zu Ende ging. Außenlicht und Innenbeleuchtung vermischten sich auf der Scheibe, unsere Spiegelbilder tauchten neben uns auf. Im Zwielicht dahinter bewegten sich unbekannte Landschaften. Dole legte die Stirn an das Fenster, beschattete die Augen und

zählte auf, was zu sehn war: ein verspäteter Schulausflug an der Bahnschranke; ein Bahnsteig voller Bierkisten und eine Hundehütte unter der Autobahnbrücke; Bienenhäuser hell am Gebirgshang und Industriegebiete in Rauch und Neon.
Wir machten die langen Reisen im Herbst, wenn der Tourismus vorbei war. In dem Ferienverkehr kriegst du Platzangst, sagte Dole, das ist keine Welt, wenn die Autobahnen verstopft sind und die halbe Menschheit auf Campingplätzen nach Luft schnappt. Trainingshosengespenster sind nicht mein Fall. Wir können überall schlafen, auf der Erde, im Wagen, in einem Kleinstadtbordell, aber auf einem Campingplatz geht das nicht. Indianersommer, abnehmendes Licht, Michaelistage aus Milch und Silber, der Herbst machte sorglos und war die beste Zeit, er war schon immer die beste Zeit gewesen. Wir kamen nachmittags in eine Stadt, brachten die Koffer in ein Hotel, duschten heiß und kalt und wechselten Kleider, tranken Gintonic in einer leeren Bar und blieben, solange es hell war, auf den Straßen. In den Nächten trieben wir uns herum. Wir tranken und tanzten in verschiedenen Bars, die Hollywood, Big Beat oder Popcorn hießen, warum eigentlich Popcorn, sagte Dole, nach dem Sinn solcher Namen darf man gar nicht fragen. Dole liebte Rock'n Roll und Tango, vor allem Tango. Tango war überhaupt der Höhepunkt. Man schmierte im Schleifschritt über die Diele, erstarrte nach elegantem Schwung zur Sphinx und kullerte unverschämt mit den Augen. Danach war es schön,

zwischen schwitzenden Leuten zu sitzen und kaltes Bier in sich hineinzuschütten. Man kokettierte wie Lilith mit dem Teufel und schwärmte für die raffinierte Barbeleuchtung. Ich bin unbedingt für Rosa, sagte Dole, Rosa ist noch eindrucksvoller als Ostergrasgrün und bedeutet Frivolität in Ekstase, das habe ich im Lexikon gelesen, Rosa ist die Farbe des Glücks und der Zukunft. Wir saßen in Plüsch und verqualmtem Rosa und unsere Schultern berührten sich. Als hätten wir uns heute kennengelernt (sagte Dole). Ich kann mich immer wieder in dich verlieben, verliebst du dich auch mal wieder in mich? Bist du mal wieder verliebt gewesen? Sag, daß du in mich verliebt bist. Sei kopflos und küß mich!
Manche Orte kannten wir nur bei Nacht, Städte im Industriegebiet und Nester im Winkel mit Kurpromenade am See. Nachts wußten wir manchmal nicht, wo wir waren und hatten uns das Hotel nicht gemerkt. Wir hatten hier nichts verloren und nichts zu tun, keine beruflichen Umstände, weder Termine noch Reportagen. Sorglosigkeit und Geheimnis, sagte Dole, kein Mensch wird erfahren, wo wir sind! Wir gingen durch Mitternachtsstädte voll umgekippter Mülltonnen, wenn leere Taxis langsam vorüberfuhren, Kinoreklamen gewechselt wurden und Rockerbanden durch die Bahnhöfe stiefelten. Warme Nächte mit Festival-Flutlicht und Tschatschatscha; die Straßen rochen nach Kaffee und Urin, die Restaurants waren leer, die Bars überfüllt, wir trödelten im Schatten der Bäume und wünschten nichts. Vielleicht sind wir zum ersten und

letzten Mal hier, sagte Dole, was hast du lieber: einmal hier sein oder wiederkommen? Und hast du mal mit einer Hure geschlafen? Ich kann mir nicht denken, daß du das nie gemacht hast. Wenn ein Mann unterwegs ist, allein in der Nacht, womöglich in einer Stadt, die er nicht kennt, und er sieht die Liebespaare in den Parks und die vielen Frauen – das muß ihn doch verrückt machen. Soviel Schönheit ist unerträglich, wenn man allein ist. Ich möchte in solchen Nächten nicht allein sein.
Aber am liebsten bin ich nachts auf dem Land (sagte Dole). Die Saison ist vorbei, die Hotels stehn leer und wir schlafen in einem Zimmer mit Bäumen vorm Fenster. Ich möchte immer Bäume vorm Fenster haben, Kastanien, Platanen. Man atmet unwillkürlich leichter, hat wieder Vertrauen in die Luft. Mir haben Bäume immer gut getan, zum Beispiel auf einer Party, wo sich sehr leicht das Gefühl einstellt, ein Leben lang von den falschen Leuten umgeben zu sein. Wenn ich dann aus dem Gerede heraus kann, eine Weile unter Bäumen allein bin, weiß ich wieder was stimmt und bin unschlagbar. Häuser ohne Bäume sind nicht bewohnbar, für mich ganz wertlos. Wenn ich ein Haus besäße, wäre es von Akazien und Pappeln umgeben. In der Stadt ist das natürlich was anderes, aber ich frage mich oft, wie du es in deinem Hochhaus aushältst. Hast du nicht manchmal Hunger nach sauberer Luft, nach Blättern, Heuduft, Fischgeruch, Landwind? Kommst du deshalb so gern in meine Wohnung, weil die Bäume an das Fenster reichen?

Wir saßen am offenen Fenster und tranken Wein. Was die Dunkelheit den Augen vorenthielt, überließ sie dem Gehör und der Vorstellungskraft. In der nächtlichen Landschaft war jedes Geräusch vernehmbar, ein Hundegebell auf der Mole, ein Motorrad in der Bergkurve, ein vereinzelter Flügelschlag zwischen den Blättern. Der Regen sickerte von den Bäumen und es spielte keine Rolle, ob wir schliefen oder schlaflos umarmt lagen. Die Dunkelheit eines unvertrauten Zimmers hatte nichts Quälendes und die Schlaflosigkeit ermüdete nicht. Wir schliefen gegen Morgen im Regen ein und wachten ohne Unruhe auf. Wir frühstückten spät und viel zu lang und ließen den Tag bis gegen Mittag warten.

Der Bungalow ist zu groß für eine Person. Kalte lautlose Dunkelheit. Im Sommer gab es die Geräusche der Vögel und offene Fenster in einer warmen Nacht.
Die Unruhe hat sich verflüchtigt. Keine Eifersucht. Verschwunden ist alle Betäubung, die Hirn und Haut vernebelte seit der Entdeckung des Briefs (er liegt im Koffer, ich habe ihn nicht mehr gelesen). Mit dem Alleinsein kommt die Ruhe zurück. Der Tag unterscheidet sich wieder von Abend und Nacht.
Dole macht heute Abend ein Interview in Brüssel, ich habe vergessen, um wen es sich handelt (wiedermal eine Persönlichkeit, sagt sie), war auch nie dabei, wenn sie beruflich auftrat, kann mir aber vorstellen, wie sie das macht; ihr Erscheinen auf

Partys gibt einen Eindruck. Sie erscheint ganz gegenwärtig, kühl und unbeeinflußbar, als sei sie geboren für das Parkett, eine trainierte Journalistin. Ihre Erscheinung ist elegant, Privates wird nicht spürbar, ihr Charme ist kontrolliert, ihr Auftreten lässig. Sie hat sich vorbereitet, kennt ihren Partner aus allen verfügbaren Unterlagen, weiß was sie zu fragen hat und kann ihre Notizen am folgenden Tag noch entziffern. Verhandlungstische, Chefetagen, Fremdsprachen, Hotelhallen und Konversation mit Persönlichkeitsmasken – das alles schüchtert sie nicht ein. Die Wichtigkeit anderer Leute berührt sie nicht. Manchmal kommt sie sehr müde davon zurück, aber die Müdigkeit ist überwindbar, nach einer Stunde können wir wieder lachen. Sie fühlt sich keinem Menschen überlegen und sie kommt sich weder schwach noch langweilig vor. Sie weiß, was sie will und sie weiß, was sie kann, sie setzt ihre Kräfte sicher ein. Trotzdem bin ich auch bloß eine Fassade, sagt sie, Natürlichkeit kann ich mir nicht leisten, schon aus Selbstschutz rede ich kein Wort zuviel, das verspreche ich dir, ich rede kein persönliches Wort. Du sollst mich mal sehn zwischen diesen Gesellschaftszigarren – ich bin enorm! Aber hochmütig bin ich nicht. Sag mir, daß ich nicht hochmütig bin. Und ich weiß was ich mir keinesfalls zumuten kann: Auftritt im Pelzmantel, Betrunkenheit auf einem Barhocker, ungeklärte Einladungen zum Dinner und die üblichen eschatologischen Unterhaltungen über Handel, Wandel, Affairen und Honorar. Wenn ich mal eingeladen werde – warum nicht. Es kommt darauf an, ob der Mensch mir sympathisch ist. Es kommt schon mal vor, daß mir einer sympathisch ist, nicht so wahnsinnig wichtig im Umgang mit sich selbst, aber humorvoll oder wenigstens sachlich. Das habe ich immer mehr schätzen gelernt: Sachlichkeit im Beruf und Humor drumherum. Ein echts Lachen ist fast eine Sensation. Die Kollegen von der Presse sind ja ziemliche Pudel, eigentlich trostlos mit ihren Modefrisuren, immer das richtige Wort im Bart, garantiert international – und die andern, die Leute, mit denen wir es zu tun haben! Flotte Pokernasen aus einer jungen Branche, eingekniffene Bäuche, Zweizehntelprominenz, läufig auf Spesenrechnung, pressehörig, öffentlichkeitsbewußt, sonore Trompeten im Abendanzug. Aber bevor ich mich über sie ärgere, finde ich sie lieber komisch, davon haben alle Beteiligten mehr. Daß sie als Herren bezeichnet werden, das ist doch ein Witz, und daß sie überzeugt sind, welche zu sein. Weißt du, was das ist: ein Herr? Ich weiß es nicht. Einen richtigen Mann erkenne ich sofort, und ein Mensch ist mir lieber als ein richtiger Mann. Am liebsten ist mir ein ganz gewöhnlicher Mensch.

Bis zu diesem Punkt ist mir Dole vertraut. Was geschieht danach? Sie hat das Interview in Brüssel beendet und fährt noch in derselben Nacht mit dem D-Zug nach Paris. Gare du Nord, dort wird sie aufgefangen, sie ist jetzt müde und braucht schwarzen Kaffee, wird dann im Taxi in das Hotel gebracht (vielleicht ist eine gemeinsame Wohnung da). Sie verbringt ein paar unvergleichliche Tage in ihrer Stadt und es ist der Freund, der ihr diese Tage ermöglicht (Liebhaber ist nicht das passende Wort für ihn). Es ist schon allerhand, daß mich diese Vorstellung nicht beunruhigt. Das ist zum erstenmal seit dem Brief der Fall. Leidenschaften sind mir verständlicher als Affairen (kein Mensch, der liebt, hat von Leben und Tod genug). Seit ich weiß, daß sie liebt, ist Dole mir wieder vertraut. Ich sammle keine Enttäuschungen mehr. Zwei Leben sind ihr möglich zu gleicher Zeit, das ist eine Tatsache. Dole braucht von mir nicht verteidigt zu werden. Die Bereitschaft für das Glück und die Kraft dazu sitzt ziemlich locker neben der Gewißheit, schön zu sein und nur einmal zu leben. Dole ist schön, und sie wird nur einmal gelebt haben. Nichts ist mißverständlich. Sie liebt, das ist alles. Es ist zuviel. Es ist nicht genug. Ihr Leben mit mir ist nur eine Möglichkeit, in die sie einmal alles hineingeworfen hat.

Sie fährt für ein paar Tage weg, um glücklich zu sein – warum muß sie durch die Hintertür fort? Ist das Glück, das nackte, reißende Glück, nur außerhalb der gewöhnlichen Ordnung möglich? Warum ist die gewissenlose Begeisterung, der restlose blinde Jubel nur möglich, wenn der Tag ausgeschaltet wird? Warum verläßt sie das Haus, Bett und Beruf und verteidigt den Rausch durch eine gewöhnliche Täuschung? Handelt es sich um einen Rausch? Ist die Nacht nur möglich ohne den Tag? Mir ist kein Mensch bekannt, der dieses Glück nicht dreimal gesucht und wenigstens einmal gefunden hätte. Aber Dole? Warum? Sie täuscht mich, sie ist nicht gewissenlos. Ihr bleibt nichts als Täuschung, solange sie von Widersprüchen zerstört wird. Was ist das für ein Leben, das im Ausbruch lebendig wird? Was sind das für Verhältnisse, die den Ausbruch notwendig machen?

Wo sind wir hingekommen? Gibt es uns noch?

Bodenlose Ambivalenz.

Ich werde sie wieder beobachten; werde wissen wollen, woher sie kommt. Aber heute, vielleicht nur einmal ist es wichtig zu wissen, daß Dole liebt.

Nichts läßt sich halten.

Sie kommt in drei Tagen zurück.

An Reiseabenden lag ich auf einem Hotelbett und überlegte, ob Dole in meiner Wohnung gewesen sei, dort eine Weile geraucht und geschlafen, vielleicht eine Nacht in meinem Bett verbracht habe, nackt auf dem Bauch, so daß ihr Geruch in den Tüchern war, wenn ich zurückkam. Ihr Geruch wechselte mit der Jahreszeit, in manchen Nächten roch sie nach Laub und Honig. Sie überfiel mich mit verschiedenen Parfüms und wollte wissen, welches das richtige sei, für meine Nase sowohl wie für ihre Haut. Sie duftete nach Nüssen und Wein, nach Ambra, Cola, unbestimmbarer Tropik. Sie roch am besten, wenn sie nicht parfümiert war, ein Duft von frischem Brot auf Bauch und Schenkeln. Als wir in einem Steakhouse gegessen hatten, ihr Haar in der

Nachtluft nach Bratfett roch und ich so leichtsinnig war, ihr das zu sagen, ließ sie mich nicht in ihre Nähe, bis sie, nachts noch, die Haare gewaschen hatte. Es gefiel ihr, wenn ich an ihrer Haut roch und sie konnte enttäuscht, erstaunlich beunruhigt sein, wenn ich es unterließ. Sie war vielleicht in meine Wohnung gekommen, um ein paar Kleider zu holen (meine Wohnung war voll von ihren Schuhen, Jacken, Armbändern, Büchern und Sommermänteln). Sie hatte Blumen auf meinen Tisch gestellt, selbstgepflückte Sträuße aus Feldwaldwiesenzufall oder Astern und Strohblumen von einem Wochenmarkt. Sie war auf einen Sprung in die Wohnung gekommen, um ein paar Weinflaschen in den Eisschrank zu stellen, oder sie war ohne Grund gekommen, obwohl ihr das Hochhaus nicht sympathisch war. Sie saß ein paar Minuten an meinem Tisch und sah aus dem Fenster in der Hoffnung, ich könne auf den Gedanken kommen, von Birmingham aus bei mir anzurufen. Ich selber war in ihrer Wohnung gewesen, mehr oder weniger ohne Grund, mehr oder weniger aus Zufall oder um mich ihrer Gegenwart zu vergewissern, wenn sie ohne Nachricht verschwunden war. Wir mochten das gegenseitige Vergewissern, Dole legte sogar Wert darauf, denn unsere Besuche hinterließen Spuren, die überraschend und beruhigend waren. Männer, die keine Spuren hinterlassen, sind unbegreiflich, sagte Dole, und meinte die Sachen aus der Wundertüte, Glückswürfel, aufziehbare Elefanten, Windräder oder Papierrosen, die ich vor ihren Flurspiegel legte. Und sie meinte die viermal gefalteten Zettel, auf denen Freude und Leichtsinn geschrieben stand und die sie las, bevor sie den Mantel auszog. Ich habe auch deine unabsichtlichen Spuren gern (sagte Dole), verschüttetes Salz auf dem Küchenfußboden, ein Teelöffel auf meinem Schreibtisch, das verrutschte Kopfkissen. Ich mag es, wenn du dich angezogen auf mein Bett legst, da fällt das Kleingeld aus deinen Taschen und ich suche es auf der Decke zusammen, vier Mark siebzig für einen Mittagsschlaf ohne mich. Die leeren Wohnungen waren lebendig, solange feststand, daß einer zum anderen zurückkehrte. Es war schön, in Doles Wohnung an Dole zu denken und ihre herumliegenden Kleider in die Hand zu nehmen. Es war die Abwesenheit ihres Körpers in der Stille und die Vergegenwärtigung ihrer Nacktheit, es war das unbenutzte Bett und die Erinnerung an ihre Stimme. Dole wußte das und fragte beiläufig, ob sie mir noch gefalle wie in der Regennacht vor sieben Wochen. Was hatten wir in der Regennacht gemacht? Faß mich an und du weißt, was wir gemacht haben. Es war ein heißes Vergnügen für sie, zu wissen, daß ich an ihren Körper dachte. Es verschlug ihr den Atem, daß die Liebe bevorstand.

Ich kam nachmittags in ihre Wohnung, rief ihren Namen und öffnete das Bad – sie war nicht da. Auf dem Küchentisch Nüsse und Orangen, vor dem Spiegel ein einzelner Handschuh. Ich war zwischen ihren Möbeln allein und sah mich mit Einbrecheraugen um. Was würde ich stehlen? Die florentinische Lebkuchennixe mit den drei Brüsten, eine Reproduktion von Caravaggios David oder die zehn an die Wand gepickten Fotografien der Slums von El Paso/Texas? Ihre Wohnung war nicht bestehlenswert. Was sie außer Kleidern und Büchern besaß, war Privatkram aus sieben Jahren, Zauberzeug und Freibeuterschnickschnack, aufreizend wertlos für jeden Esel, der sich an Protzmitteln orientierte. Sie hatte nie ein bemerkenswerteres Möbel als einen abgeschabten gelben Sessel und keine wertbeständigere Sache als eine Bart-Tasse aus Graubünden besessen. Sie besaß (ich besitze! sagte Dole) ein lackiertes grünes Holzpferd mit Sreichholzohren, das wir auf einem Empfang gestohlen hatten. Ihr gehörten Glocken aus bemaltem Kupfer, kleine Drehorgeln aus Messing, Schafsglocken aus Burgund und ein Paar Dutzend Schlüssel von Kirchentüren. Sie besaß eine nicht überschaubare Menge von Schneckenhäusern, runde Kiesel aus skandinavischen Flüssen, Kacheln von Bauernöfen und dreißig verschiedene Schnapsgläser. Sie war im Besitz (ich bin im Besitz! sagte Dole) eines Nashornkäfers, der ihr auf einem walisischen Kleinstadtbahnhof in den Mantel geflogen war. Gemeinsam mit mir gehörte ihr ein Kasten voller Fotos aus den Honigmondsommern seit Entdekkung der Liebe. Hühnergötter, Rabenfedern und zweihundert Kriminalromane. Ansichtskarten aus Leningrad, Delft, Bomarzo und Kleinseebach am Kanal. Eine Cocacolaflasche voll Sand aus der Libyschen Wüste und ein Hampelmann mit ausziehbarem Penis. Sie besaß einen Stapel ungelesener Neuerscheinungen und ein dickes altes Buch über Griepenkerl (ich hatte wieder vergessen, wer das war). Sie besaß den vierten Band einer polnischen Byron-Ausgabe aus dem Jahre 1893, vor allem ein rauchgraues Weinglas mit der Schnörkelschrift RISTORANTE PINETA/R. MARIOTTI/MILANO – ein Besitz, dessen sie sich – ich erfuhr nie weshalb – immer und überall bewußt war. Ein Elsternmensch bin ich, sagte Dole, ich bin ein Gesindelmensch mit Hamsterpfoten. Es hatten sich Schallplatten in Kartons angesammelt, Kraut-und-Rüben-Kollektion von Buxtehude bis Sugar Baby und ein paar hundert Chansons, die jeden Wohnwechsel überstanden hatten.

Wenn Dole nachdenklich war, zog sie sich auf ein Bett zurück und hörte Chansons, ihre persönliche Zuckerwassermusik. Ich ließ sie dabei allein, weil ich annahm, daß sie mit Erinnerungen spielte, in denen ich nicht vorkam. Dole nannte das: mit Orangen jonglieren. Orangen, Orangen – das waren die Männer, die sie geliebt und die andern, mit denen sie geschlafen und die sie vergessen hatte, Eintagsfliegen aus einer schnellen Nacht, erotische Flimmerstunden, Privatbesitz. Aber so harmlos schien das nicht gewesen zu sein, denn sie fielen ihr eines Abends wieder ein und es verwirrte sie (es erschreckte, beschämte sie), daß sie einen Geliebten vergessen konnte. Wie war es möglich, einen Mann zu vergessen, mit dem sie einmal einig gewesen war

– jahrelang und vollständig zu vergessen. Erinnerung, das waren die Körper und Stimmen, und Körper und Stimmen waren plötzlich da. Sie sprang vom Bett und wußte nicht wohin. Sie lief aus dem Zimmer und rauchte zuviel und machte sich laut in der Küche zu schaffen. Es kam auch vor, daß sie die Wohnung verließ und stundenlang ohne Ziel in den Straßen herumlief. Erinnerung – und war ein Lachen zu zweit, wenn man vor Schneebällen davonrannte und sich in offene Arme fallen ließ. Es war die nackte Haut in einem halbdunklen Zimmer, schöner noch im Schatten der Bäume, in der hautwarmen Sommerluft, wenn nackte Schultern aneinander gerieten und Absichtslosigkeit zu Verlangen wurde. Es war die übereinstimmende, atemlose oder langsame Bewegung zweier Körper auf einer verrutschten Matratze und es war das schlafende Gesicht eines Geliebten, sein Lachen und die gemeinsame Sorglosigkeit. Es war überwältigend, sich zu erinnern (und es beruhigte sie, sich wieder erinnern zu können), daß sie, seit sie liebte, geliebt worden war. Auch außerhalb der Liebe waren die Körper der Männer da und die Körper der Frauen. Wenn mit den Gesichtern etwas nicht stimmte, waren immer noch die Körper da, in der U-Bahn oder auf einer Party, gottseidank war die Unschuld der Körper da. Man brauchte sie nicht berührt zu haben, um sich an sie erinnern zu können. Es genügte, sie gesehn und erkannt zu haben. (Vor einem Jahr ihre Wintertage in London, Regenabend eines Tages, den sie auf Konferenzen verloren hatte. Sie

war erschöpft von Gerede, Meinungen, Höflichkeit, lief durch London und nahm nichts wahr, stieß mit Menschen zusammen und ließ sich treiben, gierig nach Luft und hungrig nach Schönheit, sie war sich selber so fremd, daß ihr alles fehlte. Um zu sich zu kommen, flüchtete sie in einen Park. Unter tropfenden Bäumen kam ihr ein Mann entgegen, sie war allein mit ihm auf dem Trottoir. Zunächst ein Mensch in unbestimmter Entfernung, dann ein Regenmantel und ein Gesicht – unbezweifelbar, aufmerksam, sagte Dole –, ein Blick auf ihre Gestalt und ein offenes Lächeln, dann war er vorbei, sie hätte ihn ansprechen können.
Der eine Augenblick war für immer genug. Sie hatte den Mann und seinen Körper erkannt, sie selber war von ihm erkannt worden, so daß ihr die Möglichkeit der Liebe wieder bewußt war und ihre Erschöpfung keine Rolle mehr spielte. Zwei Stunden später rief sie mich an und erzählte davon; ihre helle Stimme; sei kopflos und küß mich!)

Sie ist am Abend aus Brüssel zurückgekommen. Ich habe sie vom Bahnhof abgeholt. Wie immer nach einer Reise erzählt sie viel, etwas Ausführliches kann sie erst später sagen. Ich stelle fest, daß sie neue Ohrringe trägt (ihre Gewohnheit am Telefon, den linken Ohrring abzunehmen). Ihr Lachen ist atemlos, ihre Augen glänzen. Sie hat unzählige Bücher und Kleider und dafür einen besonderen Koffer gekauft. Sie hat eine Teekanne mitgebracht, indische Räucherstäbchen und schwarzen Tabak. Sie ist in einer Fotoausstellung gewesen, zweimal in einem Buster-Keaton-Film und sie ist zufällig in ein Sektfrühstück geraten, das im Rohbau eines Parkhauses stattfand, improvisiert, phantastisch, mit Spirituskocher, Klappmöbeln, Grammophon, und eigentlich kannte sie keinen Menschen dort. Sie ist in verschiedenen Lokalen gewesen, eleganten Lokalen, und weiß jetzt, wie Crêpe de Bourbon gemacht wird, sie hat das Rezept – als Kompliment sozusagen – von einem netten Küchenchef überreicht bekommen. Sie hat ein paar ungewöhnlich sympathische Leute getroffen und überhaupt so viel erlebt, daß ihr immer noch ganz schwindlig ist –

– und ihr Gesicht am nächsten Morgen, unbeweglich im Bett in der Dämmerung, stundenlang unbeweglich, bis es von der Sonne geblendet wird. Ihre offenen Augen und der Blick in mein Gesicht, nachdenklich, ruhig, ununterbrochen, und einmal mehr sagt sie nichts.

Jener Mann, der in einem Park in London an ihr vorbeiging.

Ihre Stimme damals am Telefon läßt vermuten, daß er es ist. Vor allem die Art, wie sie ihn später erwähnte: ohne Anlaß, betont beiläufig, aber spürbar mit ihm beschäftigt. Wenn die Annahme stimmt, ist sie seit einem Jahr die Geliebte dieses Mannes. Möglich, daß sie häufig in London war. Vielleicht jetzt wieder von Brüssel aus. Oder er in Brüssel.

Dieser Sommer und die Autotouren im Flußgebiet, die Pappeln am Ufer und die grüne Strömung im Kies. Die Vogelbeerbäume an der Straße zum Warenladen und die Bungalows unter Bäumen verstreut am Hügel. Das gemeinsame Frühstück auf der Terrasse und der Blick in die Ebene, die Rauchfahnen dort und der aufgerissene Himmel. Die gelesenen Bücher und die Gespräche darüber, die ungelesenen Bücher und das Vergehen der Zeit. Die Regennächte und Regentage, der Schlaf bis spät in den Vormittag, das Herumlaufen in Bademänteln und die Zigarettenkippen auf einer Untertasse. Der Rock'n Roll in den Zimmern, die offenen Türen und Doles Stimme im Garten. Das Weintrinken in der Küche am Vormittag. Die steinigen Wege in der Flußniederung, das Nachhausekommen in der Dämmerung, der im Stehen getrunkene Schnaps und das erfrischte Gesicht. Doles Pullover auf einem Gartenstuhl und die leeren Weingläser morgens auf dem Tisch. Die Einkäufe in den Warenhäusern der Kleinstadt, der Jack-London-Film im einzigen Kino dort. Die geöffneten Fenster nachts und der Grasgeruch, die Geräusche des Regens auf dem Garagendach. Das Bücherlesen nachts und das Nichtstun am Tag. Das Zeitverschwenden ohne Zeitverlust und die endlose Reparatur ihrer Schreibmaschine. Die Ereignislosigkeit und die Freude darüber. Das Erscheinen des Chianti-Vertreters an einem Nachmittag und Doles geduldige Freundlichkeit an der Tür. Ihre alte Begeisterung für Morandi und die Reproduktion eines Stillebens neben den Kleiderhaken im Flur. Das improvisierte Nachtessen in der Küche und die abendlichen Ausflüge in die Biergärten der Provinz. Ihre Hoffnung auf den kommenden Tag und das nächtliche Briefeschreiben in ihrem Zimmer. Der Wein, die Nüsse, der schwarze Tabak und das Brot aus der Bäckerei an der Straße nach Antwerpen. Die Streichungen in ihrer Artikelserie über die Streiks in Mailand, die Tränen, der Zorn und die Telegramme, die Erschöpfung danach und die gemeinsame Ruhe. Das Licht des Mittsommerabends, die schlaflosen Nächte und das Hundegebell in den Bauernhöfen am Fluß. Die Scherben der Weingläser auf der Gartentreppe, das Laub auf der Terrasse und das Papier.

Bei beruflichen Reisen spielte die Saison keine Rolle. Wir flogen im Mai nach New York und im Winter nach Tunis. Das Reisen selbst war zu einer Strapaze geworden, die wir so schnell wie möglich hinter uns brachten, wir waren zu oft in der Welt herumgeflogen. Schade, daß wir das von Berufs wegen tun müssen, sagte Dole, New York oder Tunis, das klingt enorm; aber das ist es nicht, es ist nicht enorm. Was habe ich schon in den Ländern erlebt, um die ich beneidet werde, in der kurzen Zeit zwischen fünfzehn Terminen! Ich kenne die Flughäfen, ein paar Clubs und Hotels und Speisekarten in allen Sprachen; für alles andere bleibt ein Blick aus dem Taxi. Und wie aufregend ist das mal gewesen, mein erster Flug von Zürich nach Stockholm, das glückliche Schwindelgefühl zwischen den Bergen,

als das Seewasser schräg unter mir wegschwamm, und die strahlende Schlagsahne-Wüste dort oben – ein bißchen aufregend ist das immer noch, die maßlose blaue Höhle über den Augen.
Aber der Rest war Routine und Unbehagen. Flugplätze waren für sie zum Alptraum geworden. Wenn wir zusammen sind, kann ich das aushalten, aber sobald ich allein bin, fällt es mir schwer und ich muß aufpassen, daß der Humor keinen Schnupfen kriegt. Ich langweile mich nie, außer im Gerede auf einer Party und in diesem immergleichen Airports. Sesselreihen aus grauem Kunststoff und auf dem Boden befestigte Aschenbecher. Dieselben eisgekühlten Sandwichpackungen und dieselben Orangen in der Plastiktüte. Dieselben neutralen, anmaßend angenehmen Lautsprecherstimmen all over the world – für mich fast eine persönliche Beleidigung. Nerzmantelgespenster auf den Rolltreppen, Aufmarsch von Herrenmasken und Paßbildköpfen; nett sein ist alles, der Rest ödet an. Die immer gleichen Rudel fotografierender Asiaten und die immer gleichen Rudel von Stewardessen, ich würde mich umbringen, wenn ich so aussehn müßte, Hautcremgesicht aus dem freudlosen Land des Lächelns. An keinem Platz der zivilen Welt, nicht mal im Warteraum einer Behörde, verging die Zeit so lähmend und körperfremd. Warten, rauchen, Zeit verlieren, während das Abc durch die Anzeigetafeln schnurrte, bis ein verspäteter Abflug vor Augen stand – meinem Lebensgefühl entspricht das nicht, sagte Dole. Halluzinationen, Überdruß, Tristesse.

So schnell wie möglich wieder privatisieren, Kleider ausziehn, lachen, duschen und tanzen! Beiß in einen Apfel, sei kopflos und küß mich! Und wie umwerfend war das an der Kornküste gewesen, der Flugplatzschuppen in Monrovia nachts. Schwitzende Riesen in Shorts und Stiefeln schoben uns in eine Durchgangsbaracke, die Bordkarten hatten Griffe wie Tischtennisschläger, die Ventilatoren standen still und alles war wacklig: die Holzbänke, die Absperrungen, die Pulte der Zollbeamten und die ledernen Sitzschüsseln first class. Pomadige Negerinnen mit Hühnern und Kindern, schreiende Jungen in Küchenschürzen. Sie wuchteten ihre Bauchläden in die Passage, und wer vorbeikam, mußte was kaufen: Erdnüsse, Halstücher, Perlenketten und diese mit Schuhwichse schwarz polierten Taschengötter für sieben Dollars. Schwärme von Schuhputzern, gegen die wir unsere Sandalen verteidigten. Regenzeitnacht und das Buschland hinter der Piste, wo fremde Vögel wie Bauarbeiter pfiffen.
Wir gehörten zur Klasse der Touristen, ob wir das wollten oder nicht. Wer von Lyon nach Monrovia flog war ein wohlhabender Mensch. Wer wohlhabend war besaß überflüssiges Geld. Das meiste Geld besaßen die Amerikaner. Infolgedessen war der Tourist Amerikaner. In den Augen der Schwarzen waren wir Amerikaner, und im Grund war das richtig, solange wir mit einer Kamera in den Slums von Kakafa spazieren gingen. Wir waren Leute, die sich nicht schmutzig machten, wir waren die leib-

haftigen Schatten unseres Geldes. Solange wir ein Taxi bezahlen konnten, wurde nicht gefragt, wer wir wirklich waren. Keine Chance, von anderen Touristen unterschieden zu werden. Aber so sind wir doch gar nicht, sagte Dole, wir führen doch keine manikürten Pudel mit uns herum! Aber so waren wir unter anderem auch. Es ließ sich nicht leugnen, daß wir Reiseschecks besaßen. Wir waren die Leute mit dem sicheren Geld, auch wenn wir alte Pullover trugen.

Von einer Dorfpost aus telefonierten wir mit früheren Kollegen. Wir sind es, sagte Dole, immermal wieder ins Blaue unterwegs. Ob ein Besuch am Nachmittag möglich war? Wir besuchten die alten Kollegen in ihren Häusern. Das waren Bungalows auf dem Land, Grundstücke mit Garagen, Blumenrabatten und wildem Wein, bequeme Sessel auf einer Steinterrasse, einfaches Leben mit Sauna und zwei Wagen. Es gab griechische Teppiche im Gartenzimmer, das immer richtige, nicht zu bescheidene Mobilar und die immer und überall richtige Lässigkeit in Kleidung, Frisur und Umgangsform. Das war alles ganz international. Wieviele Jahre haben wir uns nicht gesehn? Die Begrüßung war herzlich, dann ging es nicht weiter. Was wollt ihr trinken? Wir haben hier einen Wein, den müßt ihr probieren. Es wurden Kinder und Haustiere vorgeführt, dann folgte die Besichtigung eines Hobbykellers. Die Gesichter waren älter geworden, fleischig und förmlich oder abgeschliffen; man gab zu

verstehen, daß man etwas geworden war. Oder sie waren sich gleich geblieben, sie sahen erstaunlich unangefochten aus. Ihr scheint euch überhaupt nicht verändert zu haben, sagte Dole, aber ich weiß nicht – man sagt das gedankenlos und täuscht sich fast immer. Die Männer oder Frauen hatten gewechselt und ein paar ernste Krankheiten waren überstanden. Wir sprachen von den ersten weißen Haaren, lachten darüber oder versuchten zu lachen. Es wurde Wein am Swimmingpool serviert, wir stießen an und behielten die Gedanken für uns. Es fehlte, trotz Ferien, in allen Familien an Zeit, es fehlten Ruhe, Freude und Selbstironie. Der Zeitmangel war nicht mehr rückgängig zu machen und es war vorauszusehen, daß die Zeit immer schneller vergehen würde, erbarmungslos etwas Unerfreuliches. Das Menschsein steckte in der Routine fest. Die Liebe zeigte ein gereiztes Lächeln (in den Wochenendnächten schlief man noch miteinander). Wir suchten etwas, worüber wir sprechen konnten, und fanden es in der Erinnerung (damals, als wir Babylon unsicher machten!). Wir tranken den Wein und versuchten uns etwas zu sagen. Dole war still in den Gesprächen, rauchte viel und sah mich ratlos an. Wir redeten über Arbeit, Urlaub, Krankheiten, Filme, Reisen, Lebensversicherungen, Betriebsklima, Verteuerung, Karriere und Politik, wir sprachen vorallendingen über Geld. Wir waren für ein paar Stunden gekommen und gingen vorzeitig wieder weg.
Später saßen wir in einem Gartenlokal und lachten

wieder, aber manchmal war das nicht möglich. Meine Leute sind das nicht, sagte Dole, alle diese Gespräche über Steuern, Karriere und Sicherheit. Selbstverständlich muß man darüber reden, wir reden auch über Geld, aber muß man das ununterbrochen tun? Anschaffungen, Absicherungen und Geschäfte – mich macht das so müde, Gil. Das ist doch nicht alles. Man erledigt das, um wirklich atmen zu können, wir wollen doch atmen. Das Geld braucht die Fantasie doch nicht aufzufressen. Ich halte das nicht aus, da gehe ich nicht mehr hin. Ein Glück, daß wir auch richtige Freunde haben. Ich bekomme Angst, wenn ich sehe, wie schnell die Leute vor ihrer Angst kapitulieren und wie unaufrichtig die meisten geworden sind. Keinen Zweifel an sich herankommen zu lassen – das ist unmenschlich. Würde dir einer von diesen Leuten zuhören, ich meine: offen und schön und um deinetwillen zuhören, wenn du etwas Schreckliches mitzuteilen hättest? Dieses Leben mit überzuckerter Dauerdepression, diese komfortable Absterberei. Unterdrückte Unruhe und betriebsame Langeweile – das ist doch ein Alptraum. Menschen, die ihre Zärtlichkeit verloren haben sind unerträglich. Und warum glaubt jeder, funktionieren zu müssen. Ich will nicht funktionieren, ich funktioniere kein bißchen. Zu halben Sachen lasse ich mich nicht zwingen. Ich mache meine Arbeit, mache sie gern und weiß, daß ich sie gut und gründlich mache, aber ich bin nicht verfügbar, und ich halte mich selber nicht für so wichtig, durchaus nicht für unersetzlich im Nervenzentrum der Welt. Und ich halte die nette Freudlosigkeit nicht aus, die fast gewissenlose Bequemlichkeit, die Resignation der meisten, diese schreckliche Resignation mit Krawatte und Doppelkinn. Natürlich sind nicht alle Leute so, aber es sind zuviele, es sind zuviele. Bin ich ungerecht? Sag mir, ob ich ungerecht bin, sag mir was, Gil. Ich verachte niemanden, aber es gibt einen Punkt, an dem ich niemanden mehr verteidigen kann. Zu viele Leute leben auf diesem Punkt. Ich verstehe, daß man dort hinkommen kann, man kann schließlich fast alles verstehn und man kann so ziemlich überall hin kommen, aber ich will das nicht. Ich lehne es ab. Ich gebe nichts auf und will nichts verlieren. Ich suche keinen sicheren Platz bei den Säulen und pfeife auf alle Bequemlichkeit. Ich bin kein Schrumpfmensch, laufe nicht mit zerdrückter Courage herum. Meine Hoffnung und meine Courage, das ist mein persönliches geistiges Eigentum – lach mich nicht aus. Oder lach mich aus, du kannst mich ruhig auslachen. Ich will, daß mich alles etwas angeht. Ich will nichts auslassen und ich will mir nichts einreden, ich nehme jede Verzweiflung an – wenn die Leute doch richtig verzweifelt sein könnten. Ich will mein Leben nicht billig haben, ich will auch die Liebe nicht billig haben, und für das, was mir fehlt, will ich keinen Ersatz. Ich fühle mich so lebendig, überhaupt nicht resigniert oder klein und unfrei. Hältst du es für möglich, daß wir so abgebrüht wie die andern werden? So gelangweilt und kalt und clever im Sessel sitzen und womöglich gar nicht auf den

Gedanken kommen, unser Bestes aufgegeben zu haben? Ach Gil, ich finde es manchmal entsetzlich schwierig, älter zu werden. Küß mich, Gil, sag, daß du mich liebst, sei gut und küß mich.

Ende des Sommers. Wir fahren zurück in die Stadt.
Wir haben dort wieder unsere verschiedenen Wohnungen, das eigene Bett und das eigene Telefon, unsere Reisen und Freunde. Wir stecken wieder in der Arbeit fest und treffen uns nicht mehr an jedem Tag. Jedenfalls, ich bin ein Stadtmensch, sagt Dole, ich freue mich wieder auf den ganzen Rummel. Das selbstgerechte Metropolgehabe, die Kinnladen von der Presse, die gewaltigen Eitelkeitsnasen – das ist doch alles ziemlich komisch, diese Krawattenmentalität mit Haifischpraxis, die Empfänge und Konferenzen, das ganze Gerangel – allerdings leicht gesagt nach so einem Sommer! Und die Pommfritzkneipen in der Pariser Straße, die Bars am Vormittag, denk doch mal an den Capuccinogeschmack, und daß wir wieder die nächtlichen Straßen entlang laufen, das ist doch das Schönste, die kleinen Zufälle und die großen Straßen. Wir strömen ins Kino, ärgern uns über einen Regisseur, der uns nichts angeht und diskutieren mit Leuten, die wir nicht kennen, über Tom Fernandez, den wir nie gehört, gesehn oder gelesen haben. Wir fliegen durch den Winter, bis zum nächsten Mal, bis wir den Limbo wieder verlassen – je vivais dans la dissipation la plus légère – und du?

Die Koffer stehn gepackt im Flur. Ein paar Sachen sind schon im Wagen, Doles Schreibmaschine, der schwarze Poncho und die Kriminalromane. Ihre Reisekleidung liegt auf dem Bett, blaue Bluse, weinroter Shawl und die weiten, hellen Segeltuchhosen, die sie mir eines Morgens vorführte – in Limoges? in Bordeaux? in der Zeit vor dem Ende des Sommers. Der Bungalow ist aufgeräumt, der Geruch in den Zimmern hat sich verändert, wir sind kaum noch hier, wir sind fast ein Bestandteil der Luft, es riecht nach Mottenpulver und Politur, wir sind die letzten Mieter in diesem Jahr. Das Fenster steht zur Terrasse hin offen, dort riecht es noch etwas nach Erde, Rinde, Laub. Ich freue mich, daß es regnet. Die Nacht ist kalt. Keine Möglichkeit mehr, in die Landschaft zu gehn. Der letzte Abend soll verregnet sein, das sagen wir beide; er soll kalt sein und dunkel, unüberbietbar dunkel. Sintflutnässe verabschiedet einen Ort und weckt die Hoffnung, daß der nächste hell ist. Wir fahren am liebsten im Regen weg, obwohl wir Übung im Verabschieden haben.

Dole hält sich in ihrem Zimmer auf, ich kann mir nicht vorstellen, was sie macht. Ihre Sachen sind gepackt und sie hat dort kein Bett. Steht sie am Fenster, sitzt auf einem Stuhl? Sie spielt mit ihren Haaren und ist allein. Manchmal kam sie für eine Zigarettenlänge zu mir und blieb zwei Stunden. Sie ist nicht gekommen.

Wir sind hier fast ununterbrochen zusammen gewesen. Mit Ausnahme ihrer Reise nach Brüssel und

einiger Nächte auf Partys hier in der Provinz ist Dole ständig mit mir zusammen gewesen. Was bedeutet das in ihrer Situation? Monate ohne Zwischenfall, keine Termine, kein Telefon. Atemberaubend daran zu denken, daß bis zur Entdeckung des Briefs nicht das Geringste geschah. Es passierte nichts. Ruhige Tage in einem Atemzug, die Wahrnehmung des Lichts und die Liebe am Mittag, Selbstvergessenheit in der Jahreszeit, Tee und Sherry an langen Nachmittagen, alles nördlich, wie sie es liebt (darauf kann ich nie mehr verzichten, sagt sie, ich würde umkommen ohne diese Ruhe, ohne Bäume, Ginstergeruch und natürliches Licht, ohne Übereinstimmung mit dem Regen, den Veränderungen des Jahres, daran halte ich unter allen Umständen fest – die Michaeliszeit auf dem Land, die Weinernte und die Pflaumen, der duftende Nebel! Ereignislosigkeit, das wird mir jetzt fehlen, das war das Beste, was wir uns wünschen konnten, die von uns gestaltete, gut gemachte Zeit – ein bescheidener Versuch war das nicht).
Es sieht hier wieder so aus, wie wir es vorfanden. Die Kücheneinrichtung ist wieder so leblos wie sie war, bevor wir unsere Fotos dagegen hängten. Küchenstühle – eine Vorstellung, die sich weltweit in Metallbeine und abwaschbaren Kunststoff übersetzen läßt. Traurig, traurig, da flüchten die Mäuse mit verheulten Augen in ihre Löcher, sagt Dole. Das ist praktisch und anonym, in gewisser Weise unangreifbar, ein zweckmäßig eingerichtetes Haus am Fluß, da können zur Not auch Millionäre wohnen,

da leben wir besser als in charaktervoller Möblierung, trotz aller Plattheit ist das besser als Plüsch, für Dole eine Herausforderung, sie hat noch aus jeder Umgebung etwas gemacht. Ein paar Weinflaschen auf dem Fensterbrett, Bücher, Shawl und Spielzeuge auf dem Tisch, Aschenbecher und Zeitungen auf dem Boden, umgekippte Schuhe zwischen den Stühlen, danach sieht das alles ganz anders aus (und sie richtet sich auch für die Nacht im Hotelzimmer ein, befördert die Kleider auf Bügeln in einen Schrank, streut sieben mal sieben Kleinigkeiten aus ihrer Tasche, plötzlich sind Gläser und Weinflaschen da, Kerzen, die Lampe in einen Shawl gewickelt, Doles circensische Beleuchtungen, wo immer wir waren, Lichtinseln, Höhlen in lunarem Zwielicht, Verwandlung eines Hotelbetts in einen Alkoven und ihre Frage, ironisches Gurren: Wie findest du das? wie habe ich das gemacht?).
Am Nachmittag verabschiedeten wir uns vom Verwalter des Bungalow, übergaben Schlüssel und bezahlten die Schäden (Fensterscheiben, ein Teppich, versengte Kissen). Auf dem Rückweg fuhren wir am Müllplatz vorbei, wo wir den Sommer lang unsere Abfälle hingeschafft haben, qualmende Halde unter Mückenschwärmen (dort hatten im Herbst Zigeuner geparkt und wir sahen sie oft mit Gewehren im Müll, in Erwartung der Ratten). Wir warfen die letzten Abfälle fort und dachten daran, wieviel wir gelacht und getrunken hatten und was das gewesen war, ein Sommer zu zweit, und was es bedeutet, daß er zu Ende ist.

Es war ganz wunderbar für mich, sagte Dole, für dich doch auch, dieser Sommer, oder nicht?
Warum sagst du nichts?
Ja, wunderbar, Paradies, geflügelte Nacht, ein ganzes Leben vor dem Ende des Sommers.
Hier waren wir nur einmal und können gehn.

Manchmal wache ich auf, wenn es draußen hell ist, sagt Dole. Ich habe keine Vorstellung, wo ich bin. Ich begreife, daß das Licht vor mir da war, es ist zurückgekommen und älter als ich. Ich weiß nicht, ob ich nackt im Bett oder in Kleidern auf dem Teppich liege. Ich will es nicht wissen, brauche mir keine Vorstellung zu machen, weder von der Tageszeit noch von mir selbst. Ich weiß nicht, wie alt ich bin oder wie ich heiße, das ist ein Zustand ohne Erinnerung. Es ist möglich, daß ich zwanzig Jahre alt bin und im Haus meines Vaters auf der Fensterbank liege, es ist auch möglich, daß ich viel kleiner bin und ein unwahrscheinliches Leben vor mir habe. Keinesfalls bin ich älter als ungefähr jung. Ich halte die Augen geschlossen, will mich nicht überraschen lassen, möchte von nichts widerlegt oder gebändigt werden, keine Festlegung auf mich selbst oder eine Umgebung. Nichts von mir zu wissen ist das Glück. Ich halte die Augen auch geschlossen, wenn ich wieder weiß, wie alt ich bin. Ich öffne sie erst, wenn ich merke, daß ich von einem Körper berührt werde. Ein anderer Mensch liegt neben mir, das ist erstaunlich. Ich bin nicht allein. Daß du es bist, der neben mir liegt – daß du es bist! Von neuem zu erfahren, wer ich bin und wieder zu wissen, wie ich heiße – das ist jetzt das Glück. Ich bin es, du bist es, es ist ein Morgen im Sommer, es ist das Licht, das lebendige, reine, wunderbare, unzerstörbare, betörende, ganz und gar unbegreifliche Licht, es ist der Anfang eines neuen Tages, wir atmen und sehn uns an, wir geben uns unsere Namen zurück, wir berühren uns und können uns lieben, wir denken an das Frühstück und was darauf folgt, ein Tag im Sommer, gemeinsam und grenzenlos offen, das alles ist einzig.

Seit ein paar Tagen bin ich in meiner Wohnung und weniger oft mit Dole zusammen als früher. Sie macht keine Ausflüchte, aber es scheint ihr nicht möglich, mehr als ein paar Stunden mit mir zu verbringen. Keine gemeinsame Nacht. Das liegt auch an den wahnsinnig vielen Terminen, sagt sie, und an der Aufholarbeit nach langem Fortsein. Ihre Stimme am Telefon ist unverändert, sie erzählt wie immer (am Sonntag sieht die Stadt aus, als sei sie verkauft worden, findest du nicht? so leergeräumt und stehengelassen; aber sonst – ich bin froh, wieder hier zu sein; vermißt du mich? vermißt du das Land? Ich habe heute Mittag zwei Stunden frei, wollen wir uns treffen? Kommst du zu mir? Komm zu mir und küß mich!). Ich stelle mir die Hügel im Regen vor, die Flußniederung im November und die in den Kies geschwemmten Bäume; ich denke noch an den Geruch des Laubs, die Geräusche des Regens. Dole fliegt in zwei Wochen nach Mailand, das heißt: sie sieht den Freund nach Wochen zum erstenmal wieder. Offiziell hat sie dort für eine Zeitschrift zu tun, das sagt sie am Telefon. Wenn wir uns treffen, spricht sie nicht davon. Wir sind etwas müde, aus verschiedenem Grund. Wir sagen: das liegt an der schlechten Luft hier, an der Zentralheizung, an der ganzen Umstellung. Nach soviel Sommer und Licht ist das ganz normal. Paß auf, daß du dir keine Grippe holst. Unmöglich, den Winter anzufangen mit einer Grippe.

Ich bin jetzt oft allein in verschiedenen Bars, aber nicht mehr im Bristol. Möglich, daß auch Dole dort nicht mehr hingeht (und wie gerne hatten wir uns im Bristol getroffen, wo die Tische klebrig waren, die Spiegel blind und die Falten der spanischen Vorhänge voller Staub; dort kamen wir nachmittags mit Kollegen hin und tranken Sekt, wenn wir Geld für mehr als schwarzen Kaffee hatten; es gab dort Tennisplätze, die niemand benutzte, und einen Swimmingpool voll zerschlagener Flaschen). Allein gegen Abend in einer leeren Bar, wenn der Verkehr ruhiger wird und die Geschäfte schließen. Die Luft sauber, die Spiegel blank und man sieht noch den Rauch einer einzelnen Zigarette. Man hat eine halbe Stunde Zeit und freut sich wieder auf Weinrausch, Gespräche, Nacht. Ich nehme an, daß auch Dole in einer Bar sitzt, vier Straßen weiter, Sherry trinkend zwischen zwei Verabredungen. Sie hat jetzt ihre Winterkleider an, die weiten, heidelbeerblauen Hosen aus Rom und den schwarzen Mantel. Dole schlank in Schwarz und Blau, mit Ledertasche und

Schirm an einer Bar, Briefe lesend, nachdenklich, eine Dame allein (im Sommer trug sie die alten Jeans, ihre Regenstiefel, Sandalen und Vielzweckjacken). Offensichtlich ist sie lieber allein. Sie braucht jetzt Zeit für sich und ihre Erschöpfung, für gespaltene Gefühle, Nervosität, Zweifel. Nicht verabredet zu sein ist ihre und meine Chance. Früher wußten wir mal, was mit uns los war und unsere Fragen ermöglichten eine Antwort.
Nichts mehr ist mitteilbar.
Alles Quatsch und Sherry Brandy, mein Engel.

Mit dir unterwegs zu sein ist immer ungewöhnlich, sagte Dole. Wir machen einen Abstecher auf das Land und am Abend stellt sich heraus, daß wir kurz vor Antwerpen sind. Ist das Absicht oder Zufall? Möchtest du mich überraschen?
Wir fuhren morgens in der Dunkelheit los. Die Ausfallstraßen waren leer, die Tankstellen geschlossen. Im Halbschlaf durchquerten wir die Vorstädte, fuhren an Schrott und Flugplätzen schnell vorbei (ich mag die roten Lichter der Gastürme nicht, sagte Dole, sie sehn so verfroren und hilflos aus). Westwind rannte über die Ebene, durchwühlte Kiefernwälder an der Chaussee und fiel, nach Blättern duftend, in das geöffnete Wagendach. Über dem Nachtdunst wurde der Himmel hell, schwebende Bläue ohne Vogelflug. Wenn der Berufsverkehr einsetzte, waren wir in der Provinz und frühstückten in einer Wirtschaft, die eben geöffnet wurde; wir bestellten Schwarzbrot, Butter, Honig und mehr-

mals Kaffee. Doles Gesicht schlief über der rauchenden Tasse und ihre Augen waren nach innen gerichtet – aber ich werde gleich wach, du wirst dich noch wundern, fühl mal meine Hände, die sind schon ganz warm. Auf Nebenstraßen fuhren wir in den nördlichen Frühling. Grauäugiges Eis am Straßenrand, gefrorener Schlamm und schwarze Erde; die Pfirsichblüte wartete auf einen klaren Apriltag. Dole lehnte sich schräg in den Sitz zurück und zündete zwei Zigaretten an. Wenn du mir sagst, wohin wir fahren, lese ich dir die Landkarte vor. Erstmal so weit wie möglich in den Tag.

Wir freuten uns auf ein paar Tage allein. Zeit, zusammenhängend und ohne Termin, ein glückliches Loch im Kalender, ein Wochenende – wir hatten manchmal vergessen, daß es das gab. Kopfstehn und lachen! Sherry Brandy! Endlich wieder gewissenlos leichtsinnig sein! Weltbummel spielen und Zeit verschwenden, mit dir zusammen ist kein Moment verloren! Ich möchte Dummheiten machen und für nichts um Nachsicht bitten! Ich will eine lange, schlaflose Nacht mit dir! Wir fuhren auf der Autobahn an die Küste oder trödelten auf Sandwegen überland, standen auf Bootsstegen in der Sonne, fütterten Schwäne mit Frühstücksbrot und fotografierten uns gegenseitig vor Wasser und Himmel. Eigentlich naiv sowas, sagte Dole, aber später freust du dich und siehst dir die Bilder mit der Lupe an. Dole in Regenstiefeln auf einer Fähre, die Hermann hieß und nach Bürgerablage fuhr; Dole in Regenmantel und wehendem Shawl auf der Bretterveranda eines Bierlokals. Sie schwärmte für kleine Museen im Hinterland, ungeheizte Etagen in einem Rathaus mit Feuerlöscher und zerkratzten Vitrinen. Dort überlebten die Werke verschollener Meister, schöngefärbte lokale Damen, Stilleben aller Art mit Blumen und Hummern (kein Museum im Hinterland ohne diese Hummern). Und Jagdszenen überall, vorallendingen Jagdszenen, ölgemalt und rissig und nachgedunkelt, nirgendwo gab es so viele Wildschweine, Enten, Fasane und Hirsche, angeschossene Jäger und rennende Hunde. Es gab Himmelbetten mit Einsteigetreppen und es gab Kukkucksuhren, die vor 100 Jahren um 20 Uhr 17 für immer stehengeblieben waren. Ein Gemeindediener mit Otterngesicht verwaltete Billettrollen in einer Zigarrenkiste und folgte uns auf knarrendem Parkett. Oder wir besichtigten nichts, aßen Hering mit Zwiebeln auf einem Wochenmarkt und ließen alle Bildungslücken offen. In einem Gemischtwarenladen an der Straße kauften wir für ein Picknick ein und verbrachten den Mittag auf einem hellen Hügel.

Ich sah sie plötzlich in der Menschenmenge, sie ging vor mir her und war allein.
Ich hätte sie mit zwei Schritten erreichen können, Arm um ihre Schultern und Hände hoch, Lady! Aber ich ging bloß hinter ihr her (warum ging ich hinter ihr her, da ich doch nicht die Absicht hatte, sie zu beobachten). Ich folgte ihr in der Gewißheit, nicht entdeckt zu werden, gleichzeitig mit dem

Wunsch, sie möge sich umdrehn – heftiges, blindes Verlangen nach einem Zufall. Auf der Straße dreht sie sich selten um, sie bleibt vor Schaufenstern stehn und sieht dort hinein mit einer Ausdauer, die mich immer erstaunt hat. Unbegreiflich, was sie dort entdeckt, etwa in den Auslagen eines Kaffeegeschäfts (bei Modegeschäften und Buchläden ist das was anderes). Ich folgte ihr durch die Pariser Straße, ein Stück weit auf den Hindenburgdamm und über die Brücken. Doles Gestalt im Wintertag ohne Schnee, im leichten blauen begeisternden Frost, Dole zurückgezogen in sich selbst, unansprechbare Dole, Gedankenverlorenheit in Schwarz, Windstoß im Haar und wehende Hosen. Sie schien ohne Absicht unterwegs zu sein. So ging sie vor mir her in vielen Jahren, auf Parkwegen, Bahnhofstreppen und barfuß am Strand; Dole in roten Stiefeln auf der Portobelloroad, mit hochgekrempelten Hosen im nassen Gras, und sie drehte sich um, wenn ich rief, und wartete, lächelnd.

Wo war sie gewesen und wo ging sie hin, eine Frau allein. Dole ins Unrecht gesetzt durch meine Beschattung, und ahnungslos. Als ich sie zu beobachten glaubte und doch immer nur ihre Schönheit wahrnahm – aber wann war das. Mein Versuch, sie zu beobachten, war nach vier Tagen vorbei. Beobachtung war das Gegenteil von Sympathie und weder mir noch Dole möglich. Dole vor mir auf dem Trottoir und die Frage: was hatte sie vor. Es war nicht nötig zu wissen, was sie vorhatte. Nichts von ihr wissen zu wollen – ein geflügelter Zustand.

So sah ich sie nur einmal: lebendig ohne mich, und obwohl ich wußte, daß ihr von mir nichts fehlte, war ich erstaunt, dies wirklich vor mir zu sehn. Dole war dieselbe ohne mich. Es war schön, ohne Absicht hinter ihr her zu gehn und zu wissen, wie sehr sie das liebte: ohne Absicht herumzulaufen im Licht eines Wintertags.

Später verschwand sie im Englischen Café; möglich, daß sie dort verabredet war.

Hast du dich jemals mit mir gelangweilt? fragte Dole. Vielleicht wenn du rauchtest, während ich nackt auf dem Bett lag, oder wenn ich zuviel von mir selber sprach? Als ich dir von meiner Kindheit erzählte, damals in Mühlfuhr, im wochenlangen Regen – hast du dich da mit mir gelangweilt?

(Hatte ich mich jemals mit ihr gelangweilt?)

Mühlfuhr, das war der Frühsommer in den Bergen, als Dole mir die Orte ihrer Kindheit zeigte, Dörfer, die draußen im Hafer lagen und einzelne Häuser aus Schiefer und Großvaterholz, Gehöfte ihrer Onkel und Tanten (stiernackigen, schweigsamen Onkeln, lachlustigen Tanten); dort gab es Wohnstuben voller Kusinen (verräucherte Stuben und rosige, fette Kusinen). Es gab Scheunen voll Stroh und Kornkästen voller Hafer, Brot-Laibe, Butter und Most im Kellergewölbe; es gab Löschteiche, Sägemühlen und Sprudelwasserbäche, die laut und weiß vom Berg in die Ebene stürzten (wielange war das her, ein halbes Leben). Sie zeigte mir den Hof ihres Großvaters in Sankt Annen und das verwahrloste, von Stachelbeerbüschen umgebene Bauernhaus in

Fech, wo sieben Feriensommer verflogen waren, Kinderspielzeit im Licht, marmeladenmäulig und barfuß. Heute erscheint es mir glücklich, sagte Dole, aber ich vergesse nicht die Flüche nachts in den Schlafzimmern, die zusammengeschlagenen Tiere und das mürrische Suppeschlürfen am Mittagstisch, das gottverbissene Trinkergesicht meines Großvaters und das tägliche Leben in der Sprachlosigkeit. Auf dem Löschteich bin ich im Waschtrog herumgeschoben worden, die Kusinen standen am Ufer mit langen Stangen; wenn ich ins Wasser fiel und schrie (und ich schrie so laut wie möglich, das ist klar), rannten die Kusinen ins Haus und die Arbeiter kamen vom Feld und zogen mich aus dem Teich (das Wasser war flach, aber klebrig und dick und dunkel). Die Garage neben dem Hoftor war neu, die Hundehütte war alt und der Milchtisch an der Straße nach Fech; alt waren die Pappeln am Bach und der Ewige Schnee; alt war der Baum, den der Auerhahn bewohnte (er fiel im Sommer über die Pferde her); neu waren die Landwirtschaftsmaschinen im Hof, die geschotterten Wege zwischen den Feldern und der elektrische Zaun um die Viehweiden. Ich bin froh, daß du mich begleitest, sagte Dole, das alles ist gut, wenn du es siehst; ich hätte mich nicht allein zurückgetraut.
Mühlfuhr war die Hauptstadt ihrer Kindheit (langweilt es dich, das gezeigt zu bekommen – von mir?). Stadtpark, Bahnhof, Brauerei, zwei Papierfabriken am Fluß, drei alte Kirchen und ein Warenhaus, das jährlich größer, beleuchteter, teurer wurde. Der

Laubwald kam bis zur Straße herunter und die Brombeerwildnis stach durch den Zaun, dort bin ich als Irrlicht im Kleidchen herumgelaufen, mit Zöpfen, die gegen die Bohnenstangen schlugen. Das Haus ihres Vaters an der Straße zum Fluß, Wohnhaus des Lehrers mit weißer Fensterflucht und acht hellen Zimmern; ein Wintergarten voller Liegestühle und der Balkon darüber, auf dem die Gestalt des Vaters erschien und nach Hause rief: Doo!le, Doo!le, Getön eines Berghorns, und sie lief nach Hause, weil es ihr Vater war. Im Garten Bretterstühle um einen Tisch, ein Vogelhaus unter dem Apfelbaum und ein Sandkasten, der in jedem Frühling neu aufgefüllt wurde, sieben Zentner Sand für Dole, unberührt und weiß, ein Geschenk des Vaters. Singendes, springendes Löweneckerchen, und was sich später im Wort Paradies versteckte: die Kindergeburtstage im Garten (fang mich im Herbst, bin kein Schneekind! Dole! Dole!); der Schulweg an der Papierfabrik vorbei oder hintenherum durch den Wald, wo die Gräfin wohnte mit ihrem bissigen Hund; die Berghänge unter dem Schnee und die Obstgärten voller Tauben; das Autowrack hinter der Schreinerei und die verfaulte Brücke über den Wildbach.
War ihre Kindheit so hell gewesen?
War sie ein Märchen für das erwachsene Kind?
Immer und überall die Gestalt ihres Vaters, er war die Freude und der persönliche Fels; es war der Vater, der gut werden, er war es, der sicher machte noch während er starb; er war es, durch den nichts

vermindert wurde, nichts weggenommen, verdunkelt oder verboten; er war es, der Flohzirkus spielte und Bücher besaß; es war der Vater, der die Schlittschuhe im November kaufte und es war der Vater, der das Grammophon im Wohnzimmer aufstellte, und es war die Mutter, die die Schlittschuhe bis Weihnachten einschloß und es war die Mutter, die die Musik mit verstopften Ohren über sich ergehen ließ. Es war der Vater, der abends Geschichten erzählte und es war die Mutter, die morgens die Bettdecke wegzog. Es war der Vater, der die Angst beseitigte mit seinem Lachen und es war die Mutter, die sie täglich wieder einführte mit Stoßseufzern, Ordnungsbefehl und Migränegesicht. Es war die Mutter, immer dieselbe, die abweisend und empfindlich war und ihr ruhloses Leben lang nach Baldrian roch. Es war der Vater, der Dole einen Seekoffer schenkte, es war Dole, die ihre Geheimnisse in ihm verschloß, und es war die Mutter, die das Kofferschloß aufbrach, weil sie Eigensinn fürchtete und verbot.

Mühlfuhr, das waren verregnete Ferien im Frühjahr, die ersten gemeinsamen Wochen in einem Zimmer, Grandhotel zur Tanne am Hohen Steg, einziger Großmannskasten im Umkreis der Schneegrenze, geöffnet in jeder Saison, zu feudal für uns (aber manchmal, heimlich oder ehrlich, hab ich was übrig für diesen Komfort, sagte Dole). Balkone mit bärtigen Karyatiden und ein mit Glas überdachter Speisesaal, in dem wir, bedient von zwei Kellnern, alleine aßen. Kegelbahn, Tennisplätze, ein leerer

Tanzsaal und Doles Erinnerungen an Flirt und Tango. Zwei Wochen lang hinter ihrer Kindheit her (hatte ich mich jemals mit ihr gelangweilt?), zwei Wochen lang Landregen im Gebirge, beschlagene Scheiben des Speisesaals und durchnäßte Stiefel; nächtlicher Regen, der auf die Eisentische des Hotelparks klopfte; Nässe, die fadendünn und verschleiernd fiel, Melancholiemacherin, sie störte uns nicht; Regen, Regen, Doles Halsweh-Regen, der die Kleider klamm werden ließ und die Haare pelzig; der den Schnee und die Bläue mit schleppenden Wolken verschlang und fünf alte Engländer entmutigte, Bilderbuchengländer, Gäste des Hotels, die Kuchen mümmelnd, schweigsam und steif in den Ledersesseln des Foyers auf Ausgehwetter warteten; hinter dem Fernsehsalon eine Bibliothek, von Touristen zurückgelassene Kriminalromane, Chandler, Highsmith und Chase in mehreren Sprachen, wir nahmen sie auf das Zimmer mit und lasen ausgestreckt auf dem breiten Bett, rauchend, trinkend, gedankenverloren, sofern wir nicht von Kindheit und Zukunft sprachen; Spaziergänge auf Doles Schulwegen, durch aufgeweichte Wiesen und Schneisen am Berg, an Steilhängen watend durch verrottetes Laub – das muß dich doch langweilen, sag mir, ob du dich langweilst; Umarmung und Schlaf im Geräusch des Regens, während Dole ihr Leben für mich heraufbeschwor und jede Frage mit einem Kuß belohnte, kleine Küsse, die wir Druckknöpfe nannten.

Ich hole sie mittags vom Pressehaus ab. Sie wartet, hin und her laufend auf dem Parkplatz, sie scheint schon eine Weile gewartet zu haben. Ihre Bewegungen sind nervös, ihre Blicke dunkel (hat sie mit ihm telefoniert, eine Nachricht erhalten?). Sie steigt zu mir in den Wagen und sagt, daß sie friert. Wir fahren durch die Innenstadt, viel Geduld im Verkehr, überfüllte Straßen. Nach zwanzig Minuten sind wir auf der Autobahn. Der Himmel glänzt über den Schrottplätzen und die Ebene ist hell bis zum Horizont. Wir können jetzt an etwas anderes denken (an was denkt sie?). Wir verlassen die Autobahn und fahren auf kleinen Straßen durch die Dörfer. Sie wird wieder lebendig und macht mich aufmerksam auf die weiße Sonne. Sie spricht jetzt davon, daß sie ziemlich erledigt ist. Was ist mit ihr los? Die Frage ist schon zuviel. Sie lehnt sich zurück und starrt aus dem Fenster.

Später parken wir in einem Dorf. Ich lege den Arm um ihre Schultern, sie läßt es geschehen, aber der Körper ist gespannt und ich nehme den Arm wieder weg. Wir gehn in ein Gasthaus, wo wir oft an Sommerabenden waren. Die Terrasse ist leer, ein paar Tische und Stühle sind an der Hauswand stehen geblieben. Zwischen Bierkisten Reste von Schnee, das Schmelzwasser rinnt über feuchte Erde und versickert im Abfluß. Wir sitzen allein in der Sonne, es ist nicht besonders warm, aber wir haben Mäntel und Mantelkragen, Dole hat ihre schwarzen Handschuhe an; wir haben unsere Sonnenbrillen und ein paar Zeitungen. Die Blechtische sind naß,

man will uns hier nicht bedienen, wir bleiben trotzdem an der besonnten Wand. Schließlich erscheint ein alter Kellner, der sich von früher her an uns erinnert. Dole ist zu abwesend, um freundlich zu ihm zu sein.
Wir bestellen Bauernfrühstück und trinken Wein. Dole hat keinen Hunger, sie möchte vor allem Kaffee. Nach einer Weile hat sie sich etwas erholt, sie zündet eine Zigarette an und betrachtet die Bäume. Der Blick in die Landschaft macht ihre Augen ruhig. Es ist die letzte Wärme in diesem Jahr. Wir sitzen an der Hauswand und lesen in verschiedenen Zeitungen. Hast du etwas Interessantes gefunden? Wir tauschen die Zeitungen und sprechen wenig. Es ist nicht mehr nötig, etwas zu sagen, wir kennen uns und die Wortlosigkeit ist gut. Über diese Ruhe kommen wir nicht hinaus. Auf dem Terrassengeländer sitzt eine Krähe, öffnet die Flügel und fliegt durch die Bäume. Dole blickt von der Zeitung auf, sieht die Krähe und lächelt flüchtig. *Es wird ganz wie in diesem Leben sein, dasselbe Zimmer.*

Ich schlage ihr vor, für ein Wochenende mit mir nach Mauviron zu fahren. Sie stimmt sofort zu. Dann fragt sie, ob es sinnvoll ist, die alten Plätze nach Jahren wiederzusehn. Ich will das nicht nachträglich verlieren, sagt sie, ich brauche den Sommer noch, das Licht wie es war, unser herrliches Licht –
trotzdem fahren wir nach Mauviron.

Manchmal freuten wir uns auf ein paar Tage allein. Ich war lieber mit Dole als mit anderen Frauen zusammen, aber ich war auch gern in meiner Wohnung allein. Alle paar Wochen entstand der Wunsch, unter allen Umständen ohne den andern zu sein. Wir wollten einfach allein sein und alles andere auf sich beruhen lassen. Jeder in der eigenen Wohnung allein. Wir wollten im Bademantel auf dem Bett liegen, an Radioknöpfen drehn und in Büchern lesen, ohne das Gelesene auszuwerten. Sie wollte ganz gern mal allein zu Abend essen und ich wollte ganz gern mal allein in der Nacht unterwegs sein. Wir waren ganz gern mal mit anderen Leuten zusammen. In der Gewißheit, den andern erreichen zu können, wollten wir ohne Post oder Anruf getrennt sein. Wir wollten uns selbst und unsere Körper vergessen und wir wollten die Namen vergessen, die wir füreinander gefunden hatten. Wir wollten die Gegenwart und die Zukunft lossein, die Tageszeiten, die Liebe und selbst den Herbst, den eigenen Tod und die Stimme des andern, die Möglichkeit der Freude und die Möglichkeit der Verzweiflung, den Beruf, die Routine und den Terminkalender. Wir wollten vergessen, wieviel wir verdienten und wir wollten vergessen, in welchem Land wir lebten. Wir wollten von Zeitung, Radio und Fernsehn, von Menschen und Weltgeschichte nichts erfahren. Wir wollten ohne Frage und Auskunft allein sein, ohne Begründung allein, uneingeschränkt und restlos uns selbst überlassen, nutzlos und überflüssig und unverwertbar, außerhalb aller

Zusammenhänge und nicht zu erreichen. Von Resignation und Hoffnung gleichermaßen entfernt. Wir wollten in Träumerei ohne Inhalt verschwinden und der Zeit überlassen bleiben im Hinblick auf nichts. Wir wollten weder Zeit gewinnen noch Zeit verlieren und falls wir überhaupt etwas wollten, dann den Luxus der Willenlosigkeit. Unser Glück an solchen Tagen bestand darin, uns in Ruhe zu lassen und fast vergessen zu können. Wir hatten nach ein paar Mißverständnissen erfahren, daß der Zauber nicht in Gefahr war, wenn wir uns trennten. Nichts voneinander erfahren zu wollen, setzte voraus, daß wir genug voneinander wußten. Wir waren uns einig ohne Beteuerung. Wir ließen uns allein und vermißten nichts, und in den meisten Fällen war sie es, die früher anrief, als wir vereinbart hatten. Dann klang ihre Stimme atemlos, als telefoniere sie auf einem Rummelplatz. Sie wollte sofort zu mir in die Wohnung kommen, sich betrachten, anfassen, ausziehn lassen. Nimm ein Taxi und komm in meine Wohnung. Eine Stunde später war sie da.

Verzweiflung? sagt sie am Telefon, was soll ich damit. Und wenn schon Verzweiflung, das wäre zu wenig. Warum fragst du? Wie kommst du darauf?
It is a dognight dognight dognight.

Wir waren am Wochenende in Mauviron.
Tausend Kilometer in drei Tagen. Schneefreie

Autobahn durch das westliche Tiefland. Hotel de la Couronne in Mauviron. Niemand erkannte uns.
Wir fuhren gleich morgens in die Weinberge, ließen den Wagen an der Straße stehn und gingen das letzte Stück zu Fuß. Windstiller Tag mit dem Lärm von Bulldozern am Gebirge. Brombeerranken wippten über den Weg, das Haus war auch jetzt noch von Touristen bewohnt, ein Volvo mit belgischer Nummer unter den Fichten, geöffnete Fenster in der Vormittagssonne, Liegestühle und Zeitungen unter Akazien – ungefähr so, wie es damals bei uns aussah.
Winterlicht, durchdringend und gleichmäßig hell, dünne Baumschatten auf dem Gras. Ein Flugzeug der Linie London–Paris, mit höflichem Dröhnen. Im Sommer klingt das freundlicher, sagte Dole, weniger monoton, es ist das klassische Geräusch für einen Sommertag. Wenn ich im Liegestuhl an der Hauswand lag und die Flugzeuge hörte, fühlte ich mich unbeschreiblich wohl, fest aufgehoben in diesem Schönwettergebrumm und glücklich, glücklich. Wir gingen nicht bis zum Haus, sondern liefen in weitem Kreis um das Grundstück herum, dabei sprachen wir wenig. Dole ging zögernd hinter mir her, nachdenklich, mit vielen Aussichtspausen. Wir gingen zu den Kiefern am Sumpf und weiter in die Windbrüche unter den Felsen. Eine Stunde lang kletterten wir durch Geröll am Berghang und blickten in die Ebene. Die Landschaft hier oben war unverändert. Erleichtert stellten wir fest, daß die Landschaft dieselbe war.

Was haben wir hier die ganze Zeit gemacht, fragte Dole. Es kommt mir so vor, als hätte ich den Sommer lang auf der Fensterstange gesessen und nichts getan. Kannst du dich erinnern, was wir hier gemacht haben? Wenn die Zeit ohne Unterbrechung verläuft, verliere ich die Orientierung. Es ist vielleicht ein Glück, jeden Tag dasselbe zu tun; in der Wiederholung verflüchtigt sich die Angst vor dem Ende der Zeit, das finstere Schwindelgefühl ist seltener da. Wir sind hier fast immer nackt herumgelaufen und du hast mir den roten Bademantel geschenkt, damit ich was überziehn konnte, wenn jemand kam. Ich erinnere mich jetzt, daß wir damals Rotwein tranken, weder vorher noch nachher haben wir Rotwein getrunken, der Rotwein gehörte zu diesem Haus und in diesen Sommer. Weißt du, wielange das her ist?
Der Rotweinsommer war vier Jahre her.
Vier Jahre, sagte Dole und sah mich an, von der Sonnenbrille geschützt. Weißt du, wie alt ich bin?
Wie alt sie war? Natürlich wußte ich, wie alt sie war.
Und wie alt bin ich?
Dole war dreiunddreißig Jahre alt.
Bist du sicher?
Ich war sicher, und ihr Geburtstag war ein Tag im September.
Warum weißt du genau, wie alt ich bin?
Ich wußte genau, wie alt sie war. Ich kannte ihre Namen, es waren drei, und ihre Telefonnummer war die einzige, die ich auswendig wußte.

Und wie sind meine Namen?
Ihre Namen waren Susanna Julia Marie.
Stimmt das?
Es stimmte. Dole kam dazu, nachdem wir uns kannten.
Ich weiß nie genau, wie alt du bist, sagte Dole. Wenn ich wissen will, wie alt du bist, muß ich nachdenken. Aber ich brauche das nicht zu wissen. Für mich bleibst du so alt wie du warst, als wir uns kennenlernten. Es spielt keine Rolle, wie alt du bist. Spielt es für dich eine Rolle, wie alt ich bin?
Es spielte keine Rolle, wie alt sie war, aber ich kannte ihr Geburtsdatum. Ich wußte, wie alt sie war, aber ich wußte es nicht in jedem Augenblick. Ich lebte nicht mit ihrem Alter zusammen.
Das ist seltsam, sagte Dole. Warum lebst du nicht mit meinem Alter zusammen. Wenn du mit mir zusammenlebst, lebst du doch auch mit meinem Alter zusammen.
Wovon sprach sie? Was wollte sie wissen?
Sie gab keine Antwort.
Warum gab sie keine Antwort?
Lebst du mit mir zusammen? fragte Dole.
Ich lebte mit ihr und mit allem, was sie war.
Lebst du auch mit meinen Gespenstern zusammen? Kennst du sie überhaupt?
Ich kannte ein Gespenst, das war gemeinsam. Was bedeutete das für sie: Gespenst?
Kannst du dir vorstellen, daß ich mit einem Gespenst lebe?
Ich konnte mir vorstellen, daß dies der Fall war.

War es der Fall?
Wirklich?
War es der Fall, oder war es nicht der Fall?
Und du kannst es dir vorstellen? fragte Dole. Ich wußte mehr als ich sagte. Ich sagte Ja.
Gar nichts kannst du dir vorstellen, sagte Dole. Dann waren auf einmal ihre Kopfschmerzen da. Sie behauptete, entsetzlich müde zu sein und wollte so schnell wie möglich zum Wagen zurück. Wir liefen durch die hellen Hügel zum Wagen, ich versuchte noch zu sprechen, sie sagte nichts. Das Picknick am Mittag fiel aus. Wir fuhren auf der Autobahn nach Norden, sie trug ihre Sonnenbrille bis in die Nacht.

Wasser und Wind – das waren die Tage des Sommers, raumlos, endlos, in maßloser Helligkeit. Weißglut des Südens, durchsonnte Bläue, Glast. Blau oder schwefelgelb überblendete Meerflächen und Horizonte voll Inseln, die sich im Licht der Hundstage verloren. Inseln, zyklopische Erscheinungen im Gegenlicht, Walfischrücken vergleichbar, Gigantenschädeln, Silhouetten des Ararat. Die Schären, die Nordseedeiche und die Cykladen, Landzungen in Wales und die atlantischen Inseln Frankreichs. Dole sagte: ich schwimme ins Meer und hab mich vergessen, glücklich, gewichtlos, nackt, ein Körperjubel – von Schaumkronen geohrfeigt, die Nase auf dem Wasser, der Horizont vor mir hoch über den Augen, erste Etage des Weltraums, und das Wasser kommt in großen Wellen zu mir herunter. Ich liebe das Meer, warum soll ichs nicht sagen, j'adore le vent. Welcher Esel hat behauptet, Gefühle seien Rohstoff und unaussprechbar. Unmöglich zu leben ohne Begeisterung, unmöglich, die eigenen Gefühle runterzuschlucken. Und warum die Angst der Leute vor ihren Gefühlen, die arme, traurig machende oder geizige Reserve gegenüber der eigenen Empfindung – ich verwechsle sie nicht mit Sentimentalität. Bin ich sentimental? Wenn du merkst, daß ich sentimental werde, lach mich aus. Versprich mir, mich auszulachen, ich bin froh, wenn dus tust. Aber die Gefühle – das ist was anderes. Sie sind nicht ehrenrührig oder blamabel, sondern frisch, stark, reich, für mich unanfechtbar, ich lebe mit ihnen, ganz offen, und spreche sie aus. Ich sage sie dir, du kannst das nicht falsch verstehn. Ich bin kein Kofferchinese mit Pokergesicht, ich mache mich nicht ärmer als ich bin.

Dole liebte den Wind, und das Meer war herrlich. Wir lagen in einem Hotelbett vor Tagbeginn, hörten den Wind, umarmt, mit geschlossenen Augen, und wußten, daß die Freude gemeinsam war. Das Behagen im Wind war kurz und kostbar und einen Moment lang stärker als das Bewußtsein der Zerstörungen, in denen wir lebten, gegenwärtiger und überwältigender als der Verlust von Zukunft, den wir weltweit mit Leuten teilten, die hier Touristen waren und nichts davon wußten oder wissen wollten. Wir zögerten den leichten Moment hinaus, der Westwind strömte durch Laub und Gardinen, wir

spürten die kühle Bewegung auf dem Gesicht, zogen die Decke fort und lagen nackt, bis Dole unruhig wurde und unter die Dusche sprang. Nördliche Brise, fließende, flatternde Luft, Windstöße durch geöffnete Läden im Herbst, Ahornschauer, zu Boden gekämmtes Gras, stoßender Bora, dröhnender, reißender Mistral; über den Zimmerboden schleifende Blätter, sie finden sich unter dem Bett und raschelten weiter; Wind in offenen Kleidern und Salz im Haar; Halbschlaf, betäubt und taub, von Wind umschlossen.
Ich brauche mich nicht zu kämmen, das macht der Wind, sagte Dole, liebst du mich auch, wenn die Haare verwildert sind? Und denkst du noch an das Inselhotel auf dem Cap, die Mühle davor und die hellen Treppen, das Restaurant im Parterre und die Kiesterrasse unter den Pinien. Die Flechtstühle mit den Kinderbeinen und die wachstuchbedeckten, wackligen Tische dort, voller Gläser und Flaschen, und wir tranken Wein in der unbewegten Luft, in der gestauten Hitze, die uns verrückt machte seit Tagen und oft in der Nacht, wenn wir nackt und klebrig von Schweiß auf den Leintüchern lagen, schlaflos im Schwirren der Schnaken (du hattest einen fixen Haß und erschlugst sie mit dem schwersten Buch, La femme de trente ans voll zerquetschter Fliegen). Wir saßen in verschwitzten Bademänteln auf der Terrasse und wußten nicht mehr, was das war: eine kühle Brise, konnten uns keinen Wind mehr vorstellen, und der ist doch mein Element, mein Paradiesgeräusch. Und dann, nach Mitter-

nacht, war er da – Wind, Wind, ein einziger Schlag. Er kam so plötzlich, daß wir uns an den Stühlen festhielten. Er riß an den Haaren, die Kopfhaut schmerzte, er warf das Wachstuch vom Tisch und die halbvollen Gläser, die Käsereste, die Brotscheiben und Tomaten; die Pinien rauschten drauflos und die Stangen der Windmühle knackten und knarrten, das Meer fing an mit seinem Geschaukel und die Spiegelung der Uferlaternen verwackelte in der Brandung. Wir legten Steine auf das Wachstuch und saßen im Wind, unbeschreiblich erleichtert, im schüttelnden Sturm, und der Kellner kam aus der heißen Küche, brachte Wein und setzte sich zu uns an den Tisch. Denkst du daran? Und der Blick auf das Meer am Morgen danach, als der Sturm immer heftiger wurde und die Schaumkämme in die Bucht rannten, am Felsen zerplatzten, weiße Explosionen, Schaum in der Luft, Sommerschnee aus dem Meer, der am Cap in die Höhe flog und gegen die runde weiße Mühle spritzte. Und unser breakfast im Wind auf der Terrasse. Der Nescafé flog aus dem aufgerissenen Tütchen, kam nicht in die Tassen, flatterte weg, und du holtest neue Tüten aus dem Restaurant, immermal wieder ein paar neue Tüten, bis wir das besser machten, meine Idee: zuerst das Wasser in die Tasse und dann das Pulver, die Hälfte flog weg – hellbrauner Windkaffee –
Es war allerhand, daß das Meer hier sauber war, durchsichtig grün und gläsern bis auf den Grund, und der Wind nicht nach Abgas sondern nach Thymian roch. Wir gingen hinaus auf die Landzunge,

standen breitbeinig gegen den Wind, mit halb geschlossenen Augen im Sand, der vom Strand heraufwehte. Wir sahen die Inseln in der Meerstraße schwimmen (an ruhigen Tagen Schildkröten und Delphine) und sahen das Grasland zwischen alten Mauern, wo Maultiere weideten Tag und Nacht, mit zusammengebundenen Beinen, ohne Geräusch. Das Hafergras zischte, Kornfelder am Meer, vom Wind gescheitelt, gebeugt und geschüttelt vom Sturm, und die weißen Fähren dröhnten in die Bucht und der Wind, Fünf-Tage-Wind und die fliegenden Haare, Zigarettenanzünden im Wind und Doles Strohhut, der den Hang hinunterrollte wie das Käserad im Märchen.

Es sieht so aus, als wären wir noch, was wir waren. Es sieht sogar für uns selber noch manchmal so aus. Ich mache sie aufmerksam auf den Schnee vorm Fenster, sie nimmt ihn noch wahr und teilt ihre Eindrücke mit. Wir treffen uns noch in unseren Wohnungen, es gibt noch English Tea und Irish Coffee, es gibt noch gemeinsame Spaziergänge über die Brücken, den Genuß des Regens, die Bars am Nachmittag und es gibt noch den Wein, die Nacht und das Telefon. Es gibt noch die Umarmung und den Versuch, aufmerksam zu sein und nicht zu verletzen. Sie nimmt mir noch eine Wimper aus dem Gesicht und ich wünsche mir etwas, ohne den Wunsch zu verraten.
Es zeigt sich jetzt, daß wir gute Gewohnheiten haben. Sie verhindern, daß wir uns selbst zu Ge-

spenstern werden. Sie sagt immer noch nichts und ich warte immer noch, daß sie mir etwas sagt. Sie geht mehrmals am Tag zugrunde, taucht aber wieder auf mit frischem make up. Sie ist zur Freude entschlossen, ihr Lächeln ist noch immer entwaffnend, mir zuliebe ist alles in Ordnung, bis auf irgendeine Kleinigkeit, mal ist es der Kopfschmerz, mal ist es der Stress im Beruf. Immer noch glaubt sie, ich wisse von nichts. Sie ist noch immer davon überzeugt, mit ihrem Geheimnis fertig zu werden, allein. Wir sind füreinander noch nicht zu Gespenstern geworden, aber wir ahmen uns selbst und die Hoffnung nach, das ist ermüdend. Die Nachahmung der Sorglosigkeit wird zur Grimasse. Es ist vorauszusehn, daß die Täuschung zusammenstürzt, die Geduld sich erschöpft. Nichts mehr ist wirklich und wie es von uns gelebt wurde in den Jahren, aber wir tun immer noch dasselbe. Wir gehn am Abend über die Brücken und essen, wie früher, spät zur Nacht. Wir begehn eine Unwirklichkeit nach der andern. Wir setzen das Leben noch fort.
Unsere Telefongespräche haben sich verändert. Andere Tonart, längere Pausen. Wollen wir uns heute Abend treffen? Ja, wenn du möchtest. Ich möchte, und du? Ich möchte auch. Also treffen wir uns um halb neun, soll ich dich abholen? Du brauchst mich nicht abzuholen, das ist doch viel zu umständlich. Aber warum soll ich dich nicht abholen! Nicht nötig, du brauchst mich wirklich nicht abzuholen, wir treffen uns in der Pariser Straße, dort kommst du bequem mit der U-Bahn hin. Also

um halb neun in der Pariser Straße – soll ich dich wirklich nicht abholen? Nichts mehr ist selbstverständlich.

Sie wollte an Orten leben, die sie nicht kannte.
Sie stellte sich vor, daß wir das später tun würden, wenn wir älter waren und aus dem Stress heraus. Später, wenn wir endlich Zeit genug hatten, würden wir nach Mexiko fahren und dort ein paar Monate oder Jahre leben. Wir würden ein Haus in Guanajuato mieten und über die unerhörten Hochebenen fahren, aber nicht als Touristen, nicht in einem amerikanischen Schlitten, sondern im eigenen Wagen mit mexikanischer Nummer. Wir stellten uns vor, dort oder in Ägypten zu leben von dem Geld, das wir gespart hatten oder das uns sonstwie zugefallen war. Später hatten wir Geld soviel wir wollten. Wenn wir nicht länger jung sondern älter waren, spielten Geld und Zeit keine Rolle mehr. Was uns heute nicht möglich war, ließ sich später verwirklichen, später ging das alles ganz mühelos. Dann würden wir auch die Bücher lesen, für die wir jetzt keine Ruhe hatten, Reiseberichte, Enzyklopädien und Memoiren, die russischen Klassiker und den ganzen Balzac. Später – das war die Zeit nach der Verausgabung, wenn wir das alles hinter uns hatten: Erfolge und Mißerfolge im Beruf, die unumgänglichen Reisen und die tägliche Müdigkeit. Später – das war die Zeit nach ein paar Jahren, vielleicht schon der Morgen des übernächsten Tags, ein Sprung aus dem Kalender ins Licht, eine uner-

wartete Chance. Später wollten wir nach Kanada fahren, in die Wälder von British Columbia, die Buchten des Pazifik, wo Luft und Wasser noch nicht vergiftet waren. Dole erzählte von schottischen Inseln, wo kleine krumme Apfelbäume wuchsen, die Ende Oktober zur Reife kamen – dorthin hatte sie schon als Kind gewollt. Dort wollte sie den nördlichen Sommer verbringen, auch wenn es regnete, wochenlang, und das Gras im Bindfadenregen verfaulte. Oporto, Simoon Sound, Redonda – Island, Potosi im Bergland von Bolivien und das alte, sagenhafte Königreich Shin, davon träumte sie, wenn sie ausbrechen wollte, das waren ihre unanfechtbaren Namen. Dort war der Vorgarten Eden, den es im verbrauchten Deutschland nicht gab. Wir waren in Lissabon gewesen, aber nicht in Kimi, sechsmal in Rom, aber niemals am Schwarzen Meer. Wir erinnerten uns an die Platanenalleen in Limoges, aber Segovia kannten wir bloß von einer Ansichtskarte. Es gab noch die roten Ebenen Arizonas, den Herbst in Mälaren und die endlosen Pisten durch die Savanne von Tschad. Es gab noch Palmyra, den Tempelstaub dort und das ganze Kleinasien. Es gab noch immer den größten Teil der Welt und die Frage, welchen Gebrauch wir in Zukunft davon machten.
Wichtiger als die Orte, in die sie zurückkam, erschien ihr die Welt, von der sie sich keine genaue Vorstellung machen konnte. Die normannische Küste war etwas für später, die Dörfer an der Creuse, der Ätna im Süden, der Inarisee im Norden

und es war schön (es war unwahrscheinlich schön), daß wir gemeinsam dort hin fahren wollten. Regenwälder! Korkwälder! Baobab! Der Yosemite-Park und ein Holzhaus in Indiana! Später, später – das alles hatte Zeit, die Orte rannten nicht weg und die Namen blieben dieselben.

Die Orte rannten nicht weg und die Namen blieben dieselben – richtig war, daß die Namen dieselben blieben. Aber die Orte veränderten sich schnell. Bevor man hinkam, waren sie schon zerstört. Es wurden Kraftwerke aus dem Boden gestampft, Industrien, Stauwerke, Autobahnen und Touristenstädte; die Küste war vergiftet, der Strand gesperrt. Ganze Staaten waren zu Sperrzonen erklärt oder militärisch abgeriegelt worden. Die Küste von Maine – das war die Vorstellung, dort zu sein und lange zu bleiben; was man dort vorfand, war zunächst keine Frage. Vielleicht war das Reisen später nicht mehr möglich. Es war vielleicht durch besondere Maßnahmen erschwert oder bloß noch ermüdend. Der eigene Körper war vielleicht zu verbraucht, um noch irgendwo hin zu kommen. Es war denkbar, sogar wahrscheinlich, daß Tokio nicht mehr bewohnbar war für Leute, die empfindliche Lungen hatten. Wer an Schlaflosigkeit litt, blieb besser zu Hause. Nur wer ein Babitt war und ziemlich robust, nahm es noch mit einer Metropole auf. Es war ohnehin klar, daß die meisten Orte in Ländern lagen, in die man nicht unbedingt reisen wollte, in denen ein uneingeschränktes Leben nicht möglich war. Und es war vorauszusehn, daß die

Verhältnisse dort nicht verbessert wurden. Ein gewöhnlicher Ausflug in die Berge von Guadalajara fand nicht mehr ohne Beschattung statt, das war durchaus keine Schwarzmalerei. Kontrollen, Überwachungen, Sondergenehmigungen, Vorschriften und Einschränkungen aller Art – sodaß man schließlich die Lust zu reisen verlor. Natürlich weiß ich das alles, sagte Dole. Ich fahre nicht weg, um melancholisch oder rebellisch zu werden. Ich weiß Bescheid, schon von Berufs wegen weiß ich Bescheid, das verdoppelt den Wert meiner Orte und Namen. Ich kann mir durchaus vorstellen, was mich erwartet, wenn ich im Wagen durch das südliche Indien fahre. Ich kann mich aber nicht damit abfinden, daß alles Wunderbare verloren sein soll. Ich werfe meine Hoffnung nicht einfach weg. Durchaus möglich, daß wir nie nach Tabasco kommen werden. Möglich, daß wir hinkommen werden und daß es nur wieder das übliche ist, ein Haufen Staub und Unglück oder ein Alptraum. Möglich, daß ich allein nach Tabasco komme und nicht weiß, was ich dort mit mir anfangen soll. Oder daß du alleine hinkommst und dich fragst, wie du von so etwas träumen konntest. Möglich, daß mir die eigenen Vorstellungen fragwürdig werden, verrückt, verrückt. Du bezeichnest mich als verträumte Nachtigall und wir bleiben zu Hause. Möglich, alles möglich, aber es ist auch möglich, daß ich den Ort noch finde, der nicht zerstört ist. Vielleicht sind meine Erwartungen falsch, ich bin vielleicht nie wirklich erwachsen geworden, aber wenn das so ist,

dann bleibe ich gern ein Kind. Und die Vorstellung, daß es überall Menschen gibt, lebendige Menschen, die etwas tun, Menschen, die nichts auf sich sitzen lassen und niemals aufgeben werden, starke Menschen und schöne Gesichter – das ist doch die Hauptsache. Und solange ich den Ort nicht gefunden habe, sind meine Illusionen Privatsache und selbst dein Lachen kann nichts daran ändern.
Und sie sprach weiter von Orten, die sie nicht kannte. Später, später war ein Leben lang möglich. Es gab noch die Küste von Cabo Raso und die kanadischen Ströme mit den Holzflößen. Es gab noch den Golf von Alaska und den arktischen Ozean.

Sie hat am Abend ein paar Stunden Zeit.
Wir treffen uns in der Pariser Straße. Sie kommt im offenen Mantel durch den Schnee, winkt mit schwarzem Handschuh und wirft sich in meine Arme. Ich halte sie sekundenlang in die Luft und stelle sie wieder auf das Trottoir. Ihr Gesicht ist feucht und kühl, die Umarmung unbeholfen im Wintermantel. Wir sind uns einig, überwältigt von Freude, das haben wir beide nicht erwartet – eine fast wahnsinnige Begeisterung. Dann lassen wir uns los und sehn nach, wohin ihre Tasche geraten ist.
Wir gehn durch die weiße Dunkelheit, sie knöpft ihren Mantel zu, denn es ist kalt. Ich halte die Tasche, solange sie den Gürtel sucht; es ist unglaublich, wie sehr ein Gürtel wärmt, wie ein Ofenrohr um den Bauch, sagt Dole. Sie hängt sich mit beiden

Händen bei mir ein, geht angelehnt, fast fliegend neben mir, ich soll es spüren. Die Freude ist da und wird bleiben, ihr Lächeln ist noch dasselbe und sucht meine Augen. Es kann nichts passieren, wir sind unschlagbar. Unschlagbar sind wir schon lange nicht mehr gewesen, so leicht im gemeinsamen Schritt, im gemeinsamen Lachen. Die nächtlichen Trottoire sind hell von Gesichtern, Schneeflocken, Neon. Wir gehn durch die Beleuchtung und sind uns einig.

Später sitzen wir in einer Bar. Geruch von Kälte kommt zu mir herüber, ihr Gesicht ist nah, ihre Stimme zärtlich. Ich lade dich ein, du hast mir versprochen, daß ich dich einladen darf! Dole läd mich ein und freut sich darüber. Wir suchen Zigaretten und Feuerzeug und legen sie neben die Handschuhe auf die Bar. Was hast du heute gemacht? Ja, was habe ich heute gemacht. Sie hat in der Redaktion einen Artikel geschrieben. Andrea (wer ist Andrea?) hat ihren Schreibtisch zur Verfügung gestellt. Mit ihr und ein paar Kollegen ist sie essen gegangen, wie immer im Espresso um die Ecke, das ist dort nicht großartig, geht aber schnell. Sie hat zehn Anrufe erledigt und im Archiv ein paar Auszüge für Kopenhagen gemacht, im Februar muß sie wieder nach Kopenhagen, Amsterdam wäre schöner; als sie Kopenhagen hörte, hat sie sich unwillkürlich Amsterdam vorgestellt, dort sind wir vor ein paar Jahren gewesen, wie lange ist das her – drei Jahre? vier Jahre? Erinnerst du dich an unser Hotel, das Hühnerleiterhotel mit den vielen Negern! Blauschwarze, brüderliche Riesen, man stolperte über Neger und Treppenstufen und wurde beim Frühstück zum Tanzen fortgeschleppt. Was machten die vielen Neger in dem Hotel? Alle in guten Anzügen, bunten Ringelsocken, gewichsten Schuhen. Was hatten sie vor? Stadtrundfahrt und verschiedene Puffbesuche? Kannst du dich erinnern, was die Neger dort machten? Nichts ist jetzt wichtiger als die Frage, was die Neger dort machten, wieviele es waren und woher sie kamen. Eine Schiffsladung aus dem Senegal? Seeleute aus Papagenien oder Volksschullehrer aus Sagapadambre? Ein Zuhälterclub auf Weltreise? Rätselhaft. Wir stellen uns Amsterdam vor, die östlichen Grachten an einem Sonntag im Herbst, Vogelschreie zwischen den Mauern und Laub auf dem Wasser, die reglosen Spiegelungen und die Hausboote, unsere Schritte in der Lautlosigkeit. Das ist eine Stadt für die Liebe wie Paris oder London, sagt Dole, man bleibt drei Tage dort und kann sich später nicht mehr erinnern, was man gemacht hat. Man weiß nur noch, daß es schön war und will wieder hin. Denkst du noch an die Tage in Amsterdam?

Wir trinken Gintonic, danach einen zweiten, dann trinken wir Sherry. Die überheizten Räume im Winter und die Kälte draußen, das macht unglaublich müde, sagt Dole, ich bin so müde, daß ich kaum was vertrage, nach einem halben Glas bin ich fast betrunken. Sie entdeckt ihr Gesicht im Spiegel hinter der Bar, das verwirbelte Haar, die geröteten Augen. Ihr Spiegelbild scheint sie zu erschrecken;

sie überreicht mir das Ende ihrer Zigarette, greift nach ihrer Tasche und ist verschwunden. Ich warte auf sie und halte den Barhocker frei. Ich warte, denn es ist möglich, daß sie zurückkommt. Nach vier Zigarettenlängen und sieben Verzweiflungen erscheint sie und es genügt, daß sie wieder da ist. Es ist gelungen, den Barhocker frei zu halten, sie strahlt in Anerkennung meiner Mühe für uns. Unsere Freude ist immer noch da. Ihre Augen sind ruhiger, aber immer noch hell. Das Gespräch hat Pausen, gehört aber immer noch uns. Der Augenblick ist noch in unserer Macht, die Macht ist zerbrechlich. Ich erwähne nicht, daß sie nach Mailand fliegt. Es gehört jetzt zur Freude, Mailand nicht zu erwähnen und es gehört zur Freude, daß wir sie noch empfinden. Wir setzen die Freude noch fort und halten sie fest. Seit Dole von der Toilette zurück ist, sieht sie perfekter aber nicht schöner aus. Die Luft in der Bar ist heiß, wir sind beide ermüdet, aber die Müdigkeit hat noch keine Ursache in uns selbst. Wir sind müde, weil der Tag sehr anstrengend war und weil die Luft in der Bar verräuchert ist. Die Luft ist entsetzlich verräuchert, sagt Dole, entschuldige, ich habe dir eben nicht zugehört – was hast du gesagt? Ich wiederhole die gesagten Sätze und weiß wieder, was uns bevorsteht (seit ein paar Wochen steht uns etwas bevor, in jeder Nacht, in jedem Gespräch, und ohne Anlaß). Die Bar ist jetzt überfüllt, es werden Gläser über uns hinweg zur Theke gereicht. Dole spricht kaum noch vernehmbar, das Gesicht ist zur Seite gewendet und ich stelle fest, daß sie

wirklich sehr müde ist. Jetzt hat die Müdigkeit ihren Grund in uns selbst. Die Sorglosigkeit ist nicht mehr da, wir stellen es fest, das ist ein schweigsamer Vorgang. Dole blickt vor sich hin und wippt mit dem Fuß, wir geben uns Mühe. Ihre Augen sind trübe geworden, oder abwesend, dunkel. Sie denkt nach und sagt nichts, sie ist nur noch teilweise neben mir. Von der Freude ist nichts mehr vorhanden außer dem Rest, den wir kennen: dem gemeinsamen Willen, auszuhalten und unsere Zigaretten zu Ende zu rauchen.
Unsere Täuschungen sind kein Erfolg. Einmal mehr ist etwas dazwischen gekommen. Dole weiß, was es ist und behauptet, es sei der Kopfschmerz. Ich weiß, wer es ist und glaube auch an den Kopfschmerz. Wir sitzen nebeneinander und sagen nicht viel, dann sagen wir nichts mehr. Sie versucht noch zu lächeln, spielt mit dem Feuerzeug. Dann ist nichts mehr möglich und wir brechen auf.
Was war am Anfang?
Sommer, Zeitverschwendung und langes Leben.
Wir hatten uns im Pressehaus bemerkt, kannten uns aber nicht und wenn wir uns trafen, war das ein Zufall. Die Zufälle waren ohne Bedeutung. Wir trafen uns nicht allein, sondern in Begleitung von Leuten, die wir liebten oder zu lieben glaubten. Wir redeten durcheinander und lachten viel, es gab den Anfang des Lachens und kein Ende. Wir kamen uns großartig vor, sagte Dole, und machten uns dick mit dem, was wir wußten, jeder ein Bildungskukkuck im Nest des andern; wir sprachen über Salz-

brezeln und Kierkegaard, neuseeländische Lyrik und Asta Nielsen, Amnesty International, Tennis, Sartre, Zeitungskollegen, Liebe, Picasso, Kochrezepte, Leben in New York und Reisen in Frankreich, und während wir uns ziemlich laut produzierten, streckten wir unsichtbare Fühler aus. Der Sommer war zu hell für die Stadt, die Stadt war zu eng und zu rauchig für soviel Licht und wir stellten uns vor, wie die Landschaft im Juni war, das Meer, die Obstbaumgärten, ein Picknick im Gras. Das machte uns aufeinander aufmerksam. Wir trafen uns abends in einem Gartenlokal, saßen unter Kastanien und tranken Wein, aber die Nächte verbrachten wir mit den andern. Du hast meine Freunde kennengelernt, sagte Dole, ich habe viele Freunde gehabt, aber ich habe sie nicht miteinander verglichen und ich vergleiche sie nicht mit dir. Es ist mein Glück, daß sie unvergleichbar sind. Für ein paar Nächte ist jeder einzig gewesen. Es kommt aber nicht darauf an, wer sie waren, sondern was sie für mich gewesen sind. Ich habe dir das nie gesagt – wer sie waren und was sie für mich gewesen sind und was es mir bedeutet hat, zu lieben und geliebt zu werden. Ich habe dir von meinen Bekannten erzählt und warum sie sich Bärte wachsen lassen oder abrasieren; ich habe dir von meinem Beruf erzählt, von meinen sechs Wohnungen bevor ich dich kannte; ich kann dir heute von meiner Kindheit erzählen und ich kann dir fast jede Verzweiflung anvertrauen, aber ich kann dir nichts von meinen Geliebten erzählen. Ich tue dir auch nicht den Gefallen zu behaupten, ich hätte sie weniger geliebt als dich oder hätte sie im Grund überhaupt nicht geliebt. Und ich wäre enttäuscht, wenn du behaupten würdest, du hättest keine Frau geliebt wie mich. Ich habe jeden geliebt, mit dem ich schlief, und meine Geheimnisse sind nicht bescheiden.

Für einen Namen war das noch zu früh. Dole hieß Julia und es war reizvoll, nichts von ihr zu wissen. Nichts voneinander erfahren zu wollen, war die Voraussetzung für eine geflügelte Nebensache. Es genügte, einander sympathisch zu finden und ähnliche Überzeugungen festzustellen – eine Absicht war nicht dabei. Schmetterlingskuß und Adieu bis zum nächsten Mal! Dann verabredeten wir uns häufiger und freuten uns darauf. Beiläufig stellten wir fest, daß wir beide uns freuten. Es war jetzt nicht mehr gleichgültig, wo wir uns trafen, wir suchten Plätze, die uns beiden gefielen, Pavillons im Park oder alte Friedhöfe, Restaurants mit Musik und Terrasse am See. Unsere Spaziergänge wurden länger, es war die Zeit der ersten Bezauberung. Ich kannte schon verschiedene ihrer Parfüms und hatte mir ihre Telefonnummer notiert. Wir dachten schon aneinander und schwiegen uns aus. Zum erstenmal bemerkte ich ihre Augen, den feuchten Schimmer von Salz und Kohle, ihre schwarzen Haare im Regen und ihren Mund. Ich spielte mit ihren Fingern auf dem Cafétisch und liebte schon ihre zu kleinen Füße. Sie kam im geliehenen Wagen zum Rendezvous und winkte mit schwarzem Handschuh, ich liebte den Handschuh. Es war schön, die Jacke um ihre Schultern zu legen, wenn wir nachts aus dem Kino kamen, noch schöner, ihre Gestalt im Arm zu halten, wenn sie auf dem Spaziergang fror. Zum erstenmal erklärte ich, sie sei schön, und sie hörte es gern. Wir waren noch nicht aufeinander angewiesen und glaubten noch, uns jederzeit trennen zu können. Kuß und Lebewohl ohne Steinerweichen – das war noch möglich; Trennung wäre ein zu starkes Wort gewesen. Es genügte, das Angenehme aneinander zu erfahren und mit dem Gedanken an eine Affaire zu spielen, überhaupt war das alles eine Sache auf Zeit. Wir haben uns eingewickelt, sagte Dole, du hast mich verzuckert und in den Himmel gehoben. Wir haben Filou und Filouine gespielt und ich war überzeugt, bei dir damit durchzukommen. Wir waren verschwiegen, indiskret, kaltherzig, uneinsichtig, ahnungslos, selbstgerecht, fordernd, mißtrauisch, untreu und hungrig auf Freude – nichts, was wir nicht wenigstens einen Moment lang waren. Wir liebten uns, aber schliefen noch mit den andern, und wenn wir uns nachts im Wagen küßten, war das nur eines von vielen möglichen Spielen. Unser Sommernachtleben, sagte Dole, du und ich von einem Fest zum andern. Zwischen uns und der Freude zu lieben war kein Gedanke, Verzweiflung oder Hoffnung betrafen uns nicht und wir waren noch immer verliebt in die Sorglosigkeit. Unvorstellbar, den Leichtsinn aufzugeben. Wenn wir nicht verabredet waren, verhalf uns der Zufall zu einem Rendezvous. Eine Party ohne Julia war nicht viel wert, aber wenn

sie auf einer Party erschien, setzten wir das gemeinsame Lachen fort; wir versteckten Flaschen in einem Schrank, damit wir morgens noch was zu trinken hatten; wir fuhren für eine Stunde im Wagen weg, gingen im Regen spazieren und redeten mit Honigstimme Glück und Unfug. Ob die andern merken, daß wir nicht da sind? Die andern merken es oder merken es nicht. Sie spielten keine Rolle in unserem Leichtsinn. Nichts gegen die andern, aber wir brauchten sie nicht.
Dann trafen wir uns täglich, aber nicht länger unter Leuten sondern allein, nicht mehr im Café sondern in einer Wohnung, nicht nur für ein paar Stunden sondern für eine Nacht. Unser Alleinsein war unverzichtbar geworden. Wir versteckten die sprachlose Freude in Geschenken, schleppten uns Blumensträuße in die Wohnungen und hatten immer ein Spielzeug in der Tasche, Glaskugeln, Glückswürfel, Hühnergötter und Steine. In einer Septembernacht umarmten wir uns zum erstenmal, wachten spät in Doles Wohnung auf und frühstückten in Bademänteln auf dem Balkon. Ich brachte sie im Wagen zum Pressehaus und holte sie am Nachmittag wieder ab. Von diesem Tag an rechneten wir miteinander. Wir stellten uns gemeinsame Reisen vor, eine gemeinsame Wohnung auf dem Land, ein beständiges, helles, geflügeltes Leben zu zweit. Gehörten wir zusammen? Ja, nein und vielleicht – es gab keine Antwort. Es folgten Beteuerungen und Doles Tränen. Wir stellten jetzt fest, daß wir nichts voneinander wußten. Was wir von uns erzählt hatten, war

nicht genug, wir wollten wissen, wer der andere war. Die anfängliche Vertrautheit erschien uns schwach, die Vergangenheit des andern gefährlich dunkel. Unsere Sorglosigkeit war in Gefahr. Hast du mir die Wahrheit gesagt? Liebst du mich, und wen liebst du noch? Liebst du mich wirklich? Kannst du denn wissen, ob du mich wirklich liebst? Lieben wir uns oder sind wir bloß verliebt? Die Liebe war da, die Freundschaft fehlte noch. Wir lagen schlaflos in unseren Wohnungen und telefonierten mehrmals in einer Nacht. War es denn möglich, daß wir zusammen lebten? War die Liebe jemals wirklich gewesen? War das nicht alles Täuschung und Illusion, ein einziges Regenbogenwetter der Gefühle? Und was war das Glück, das wir erfahren hatten, so bodenlos, verletzlich und unbeständig. Das Glück war eine Sache, die wir überleben wollten, allein oder gemeinsam. Wir lagen nebeneinander auf dem Bett, versuchten die Liebe oder versuchten sie nicht, sie versuchte sie nicht. Doles Begeisterung war nicht mehr da. Sie war allein, zurückgefallen hinter die Hoffnung, nicht mehr in Atem gehalten von Freude und Zukunft, unberührbar und nicht zu trösten (tröste mich bloß nicht! bitte tröste mich nicht). Unzuständig für Frage und Antwort, tränenlos allein und ohne Kraft, sich die Haare zu waschen. Wenn du was tun willst, mach mir einen Kaffee. Fremd in der Zeit und unansprechbar, jedes Wort eine Kreuzigung; warum hast du die Weinflache nicht aus dem Eisschrank genommen; welche Weinflasche; mach dir

nichts draus, es spielt keine Rolle mehr. Es war nicht möglich, mit ihr im Zimmer zu sein und es war nicht möglich, das Zimmer allein zu verlassen. Unzumutbar, noch am Leben zu sein. Warum lebte sie noch, wenn die Liebe tödlich war.
Noch einmal versuchten wir, uns selbst zu beweisen, daß wir einander entbehren konnten. Wir gingen uns tagelang aus dem Weg. Wenn der eine anrief legte der andere auf. Wir gaben uns Mühe, Trotz oder Kälte zu zeigen und machten durch Melancholie auf uns aufmerksam, das war ein Spiel. Das Spielen schmerzte, wir kannten die Regeln nicht. Jeder Tag gab siebenmal Anlaß für einen Abschied, jede Nacht war ein einziger Grund, uns für immer festzuhalten. Wir konnten uns verleugnen, quälen, fressen, auslachen oder aus dem Weg gehn, aber für eine Trennung war es zu spät.
Dann fuhren wir mal auf das Land zu einer Party, sagte Dole, der Sommer war fast vorbei, wir saßen bei Bekannten hinten im Wagen, wußten nicht genau, wo die Party stattfand, es sollte auch keine richtige Party sein, sondern eine Hurrah-Feier für verdiente Kollegen, wir kannten sie gar nicht (kannst du dir vorstellen, daß du dich feiern läßt, weil du ein paar brauchbare Artikel geschrieben hast!). Das Gasthaus lag draußen auf einem Hügel, es gab Tische und Holzbänke unter Kastanien und bunte Glühbirnen im Laub. Die meisten Leute hatten wir nie gesehn, wir saßen bloß da und hörten Rumba und tranken Wein. Um zwei Uhr morgens saßen wir immer noch da, die Bekannten waren

schon nach Hause gefahren, es standen aber noch ein paar Autos vorm Gasthaus. Dann waren auf einmal alle Autos weg. Wir hatten zu viel getrunken und nicht gemerkt, daß der Rumba vorbei war. Die Glühbirnen gingen alle auf einmal aus, das Gasthaus war kein Hotel und wir saßen allein am Tisch. Wir hatten kein Auto und kein Geld, mußten zu Fuß in die Stadt zurück, die Nacht war schwarz und feucht, der Fahrweg dunkel und wir waren nicht nüchtern genug für die vielen Schlaglöcher. Wir legten uns in die Wiese neben dem Weg, verkrochen uns in unsere Mäntel und du legtest dich auf mich drauf weil mir schrecklich kalt war. Wir lagen betäubt und umschlungen da und als wir einschliefen, fing es zu regnen an. Das war gegen Morgen, wir kletterten auf den Weg und gingen weiter, die Haare klebten am Kopf, wir waren ganz grau vor Müdigkeit und hatten Durst. Als es hell wurde, entdeckten wir eine Bushaltestelle, aber es dauerte noch eine Stunde, bis uns der erste Bus von dem kleinen Blechdach wegholte. Am Bahnhof stiegen wir in ein Taxi und fuhren zu dir, du wohntest noch in der billigen Wohnung am Kanal. Wir duschten heiß und kalt und tranken Kaffee in der Küche und fanden, daß das alles richtig war, und du umarmtest mich und wir lachten wie früher, wir waren uns einig und alles war gut.

Am Nachmittag brachte ich Dole zum Flughafen. Abflug Mailand 17 Uhr 40. Sie trug den schwarzen französischen Mantel, die schwarzen Stiefel und

einen grünen Shawl (sie sah schöner aus als auf jeder Fotografie). Wir kauften Orangen und Zeitungen für die Reise und tranken Kaffee an der Bar. Dole war zerstreut, ihre Augen glänzten. Sie umarmte mich mehrmals heftig und unerwartet. Liebst du mich? Sag, daß du mich liebst. In zwei Wochen bin ich wieder zurück. Was wirst du in der Zwischenzeit tun? Hast du den Schlüssel zu meiner Wohnung? Wirst du mich vermissen? Schreib mir postlagernd Mailand, ich schreibe dir auch, ich schreibe dir ganz bestimmt. Mach dir keine Gedanken, es geht mir gut, ich mache mir auch keine Gedanken um dich. Und wenn ich zurückkomme – machst du ein Fest für mich? Ich wünsche mir ein langes leuchtendes Fest.
Ich brachte sie zur Sperre, wir küßten uns schnell, sie winkte mit schwarzem Handschuh und verschwand.

Seit zehn Tagen keine Post von ihr. Sie ist in Mailand nur postlagernd zu erreichen, hat also keine Adresse. Ein Telegramm an sie ist ohne Antwort geblieben. In ihrer Redaktion weiß man nur, daß sie nach Mailand geflogen und dort postlagernd zu erreichen ist. Kollegen und Freunde haben nichts von ihr gehört, weder Telefonanrufe noch Ansichtskarten. Das liegt vielleicht an der italienischen Post. Die Postkarten treffen ein, wenn sie wieder da ist (ich möchte nicht vor meinen Briefen nach Hause kommen, sagt sie, das ist für alle enttäuschend). Ich war in ihrer Wohnung, fand aber keinen Anhaltspunkt, hatte auch keinen Anhaltspunkt erwartet. Ich war in ihrer Wohnung, weil ich den Schlüssel habe. Briefe und Zeitungen auf dem Teppich im Flur, aber kein Hinweis für mich, kein zurückgelassenes Zeichen.

Das sieht nach einer gewöhnlichen Reise aus.

Sie ist nicht in Mailand.

Stephen Hopkins
Albergo Belpasso
6, Piazza Guiseppe Mazzini
Catania
Sicilia/Italy

Ich weiß nicht, was Julia Ihnen mitgeteilt hat. Sie hatte vor, mit Ihnen zu sprechen, ein Gespräch war seit Monaten unvermeidbar, sie scheint es aber immer wieder hinausgezögert zu haben. Deshalb meine Frage, ob Julia vor ihrer Abreise mit Ihnen gesprochen hat und was Sie wissen. Um überhaupt an Sie schreiben zu können, muß ich annehmen, daß Sie von meiner Person erfahren haben, andernfalls ist jedes Wort unmöglich. Julia hat nur wenig und unzusammenhängend von Ihnen gesprochen, aber dem Wenigen habe ich entnommen, daß Sie Julia lieben oder geliebt haben. Obwohl sie das niemals aussprach, ist es das Einzige, was ich von Ihnen weiß.
Ich begreife ihren Tod als Unfall, der verursacht wurde durch Enttäuschung über meine Abwesenheit und schließlich Erschöpfung. Ich vermute, daß sie nach Rom kam mit dem Entschluß, sich endgültig von Ihnen zu trennen, und ich muß annehmen, daß sie die Absicht hatte, ihre Beziehung zu mir

abzubrechen, als sie Catania plötzlich verließ. Aber solange ich das nicht mit Sicherheit weiß (und ich werde es nicht mit Sicherheit wissen, es sei denn, sie hat Ihnen etwas anderes gesagt), sehe ich Julia als meine Geliebte an. Ausführlicher zu schreiben ist mir nicht möglich. Ich habe meine Sekretärin veranlaßt, Ihnen das Notwendige mitzuteilen.

17. Dezember.
Mister Hopkins hat mich gebeten, Ihnen die Umstände mitzuteilen, die zum Tod von Signora Schubert führten.
Signora Schubert kam am 4. Dezember auf dem Flughafen Mailand an und flog von dort am 6. Dezember nach Rom. Sie war für den Nachmittag dieses Tages mit Mister Hopkins im Hotel Parthenon verabredet (Reservierung eines Doppelzimmers durch Mister Hopkins privat). Mister Hopkins ist aufsichtführender Ingenieur unserer Firma und in Catania seit etwa zwei Monaten beim Bau eines Kraftwerks tätig. Konferenzen und Arbeitsanlastung verschiedener Art hielten ihn am 6. Dezember in Cosenza fest (dort befindet sich eine Zweigniederlassung der Firma) und verhinderten seine Anwesenheit in Rom. Bei ihrer Ankunft im Hotel fand Signora Schubert eine telegrafische Nachricht von Mister Hopkins vor, in der er sie bat, am Nachmittag des 7. Dezember nach Palermo zu fliegen. Mister Hopkins hatte die Absicht, die Signora vom Flughafen abzuholen und in seinem Wagen nach Catania zu bringen (die ursprüngliche Absicht war gewesen,

mit dem Zug von Rom nach Catania zu fahren). Am 7. Dezember war Mister Hopkins noch nicht aus Cosenza zurück. Am Nachmittag dieses Tages bat er mich telefonisch, Signora Schubert in Palermo abzuholen. Er stellte mir seinen Wagen zur Verfügung. Ich war um 17 Uhr 20 auf dem Flughafen in Palermo. Signora Schubert traf ein wie erwartet, und ich brachte sie nach Catania. Sie war enttäuscht, nicht von Mister Hopkins abgeholt worden zu sein und sehr nervös, beruhigte sich aber, als ich ihr versicherte, daß Mister Hopkins am späten Abend nach Catania zurückkommen werde. Mister Hopkins hatte in seinem Hotel, Albergo Belpasso, ein Zimmer für sie reserviert (sie hatte die Absicht, sechs Tage und Nächte zu bleiben). Ich brachte die Signora in das Hotel und da Mister Hopkins noch nicht aus Cosenza zurück war, lud ich sie zum Essen ein. Sie lehnte ab mit der Begründung, daß sie später mit Mister Hopkins zu Nacht essen wolle. Am nächsten Morgen, dem 8. Dezember, rief Mister Hopkins aus unserer Zentrale in Neapel an und teilte mir mit, daß er weiterhin verhindert sei, nach Catania zu kommen. Er sei am vergangenen Abend einer schweren technischen Panne wegen nach Neapel gerufen worden und könne nicht sagen, wann er nach Catania zurückkommen werde. Er habe dies auch der Signora mitgeteilt. Er bat mich, der Signora behilflich zu sein, sofern sie dies wolle und soweit es mir selber möglich sei. Er habe ihr vorgeschlagen, nach Neapel zu kommen, gleichzeitig aber darauf hingewiesen, daß er nicht wisse, wie lange er dort zu tun habe. Signora Schubert habe sich geweigert, noch einmal zu fliegen und beschlossen, im Hotel auf ihn zu warten.

Am 8. und 9. Dezember war Signora Schubert in Catania allein. Mister Hopkins hatte ihr die Rufnummer unserer Zentrale in Neapel mitgeteilt. Sie rief Mister Hopkins mehrmals in Neapel an und wurde zweimal von ihm angerufen, nämlich am Nachmittag des 8. und am frühen Morgen des 9. Dezember. Beide Male war die Signora nicht im Hotel zu erreichen. Mister Hopkins hinterließ die Nachricht, daß er mit der Abendmaschine um 18 Uhr 50 aus Neapel zurückkommen werde. Ich hatte der Signora die Rufnummer der Firma sowie meine private Nummer gegeben. Sie rief mich am Vormittag des 9. an und verabredete sich mit mir zum Essen um 13 Uhr. Sie war verschlossen und sehr unruhig, aß ohne Appetit und sagte mehrmals, daß ihr dies alles unbegreiflich sei (wir unterhielten uns auf Englisch). Ich versicherte und bestätigte ihr, daß Mister Hopkins mit der Abendmaschine aus Neapel eintreffen werde. Nach dem Essen begab ich mich in die Firma. Signora Schubert behauptete, in ihr Hotel gehn zu wollen, was sie aber nachweislich nicht getan hat. Sie kam erst gegen Abend in das Hotel zurück. Wo sie sich während des Nachmittags aufhielt, ist nicht bekannt. Um 18 Uhr 20 fuhr sie mit dem Airbus zum Flughafen. Mister Hopkins war nicht in der Maschine. Daraufhin fuhr die Signora mit dem Taxi zum Hotel zurück. In der

Zwischenzeit hatte Mister Hopkins im Hotel angerufen und ausrichten lassen, daß er mit der nächsten Maschine, also am folgenden Morgen um 9 Uhr 15, in Catania eintreffen werde. Signora Schubert begab sich in ihr Zimmer, erschien nach einer halben Stunde mit ihrer Reisetasche am Empfang und bat um ein Taxi. Sie äußerte die Absicht, nach Palermo zu fahren. Während sie auf das Taxi wartete, bezahlte sie die Rechnung für ihr Zimmer und hinterließ eine schriftliche Nachricht für Mister Hopkins. Das Taxi kam nach wenigen Minuten. Der Taxichauffeur, Signore Gastoni, war für eine Fahrt nach Palermo bereit, wies die Signora aber darauf hin, daß noch am Abend ein Zug nach Palermo fahre. Er wies sie außerdem auf die Bus- und Flugverbindungen hin, aber die Signora bestand darauf, so schnell wie möglich nach Palermo zu fahren, beziehungsweise Catania zu verlassen. Das Taxi fuhr gegen 20 Uhr vom Hotel nach Palermo ab. Hinter der Autobahnausfahrt nach Centúripe setzte heftiger Regen ein (es hatte seit einigen Tagen häufig geregnet). Der Regen verstärkte sich in kurzer Zeit, so daß Signore Gastoni sich gezwungen sah, die Fahrt in der Nähe von Leonforte zu unterbrechen (die Sichtweite auf der Autobahn betrug nur wenige Meter). Während das Taxi auf einem Parkplatz stand, versuchte Signore Gastoni, sich mit der Signora zu unterhalten. Er sagt, sie habe unbeweglich im Wagen gesessen, nur wenig gesprochen und auf Fragen ausweichend geantwortet. Sie habe einen erschöpften Eindruck gemacht. Nachdem die Fahrt bei Caltanisetta ein zweites Mal unterbrochen werden mußte, sei die Signora in Panik geraten. Sie habe das Taxi bezahlt und behauptet, in Caltanisetta übernachten zu wollen. Signore Gastoni erbot sich, sie in ein Hotel zu bringen, was sie ablehnte. Er fuhr daraufhin nach Catania zurück. Gegen 23 Uhr 30 erschien die Signora in der Bar Matteo am Rand von Caltanisetta. Sie war durchnäßt, bestellte Kaffee und erkundigte sich nach einer Bahnverbindung. Sie hielt sich etwa 20 Minuten in der Bar auf. Danach verschwand sie ohne Kopfbedeckung im Regen.

Am folgenden Morgen, dem 10. Dezember um 8 Uhr, wurde Signora Schubert von zwei Schulkindern, den Geschwistern Antonio und Carlo Sinisgalli am Abhang auf halber Höhe zwischen der Viale Barberini und einem tief gelegenen Bachbett entdeckt. Die Signora lag mit dem Kopf hangabwärts zwischen Steinen und Abfall (ihre Reisetasche wurde später im Bachbett gefunden). Die Kinder benachrichtigten einige Anwohner. Es wurde festgestellt, daß die Signora lebte. Sie wurde in das nächste Haus getragen, gleichzeitig wurde ein Arzt, Dottore Zephan, benachrichtigt. Er kam wenig später, untersuchte die Signora, die immer noch ohne Bewußtsein war, und veranlaßte ihre sofortige Überführung in das Hospital am Ort. Er benachrichtigte auch die Polizei. In der Manteltasche der Signora fand man die Adresse der Firma sowie die Adresse des Hotels in Catania. Firma und Hotel wurden telefonisch vom Zustand der Signora verständigt.

Mister Hopkins traf um 9 Uhr 15 mit dem Flugzeug in Catania ein. Ich holte ihn in seinem Wagen vom Flughafen ab, und wir fuhren ohne Verzögerung nach Caltanisetta (es regnete immer noch ungewöhnlich stark). Signora Schubert befand sich im Koma auf der Intensivstation des Hospitals. Die Diagnose lautete auf Schädelbruch und innere Blutungen (Dottore Mantovani). Ein Überleben schien kaum wahrscheinlich. Die Rekonstruktion des Unfalls durch die Polizei ergab, daß die Signora sich auf der unbeleuchteten Straße im Regen verirrt habe (warum sie sich auf dieser Straße, die nicht zum Bahnhof führte, befand, ist nicht zu ermitteln). Sie sei auf den Abhang geraten und abgestürzt, dabei mit dem Kopf gegen einen Betonpfeiler geschlagen und nach halber Umdrehung bewußtlos liegengeblieben. Während des Sturzes entfiel ihr die Reisetasche und rollte in das Bachbett. Eine Gewalttat wurde ausgeschlossen. Mister Hopkins und ich verbrachten mehrere Stunden auf dem Flur des Hospitals, dann fuhr ich in seinem Wagen nach Catania zurück. Mister Hopkins weigerte sich, das Hospital zu verlassen. Eine Operation wurde als aussichtslos abgelehnt. Am 11. Dezember um 19 Uhr 12 setzte trotz intensiver Bemühungen der Ärzte das Herz der Signora Schubert aus.
Am darauffolgenden Morgen veranlaßte Mister Hopkins einen Transport des Leichnams nach Catania. Er begleitete die Tote im Transportwagen. Er verhandelte mit Behörde, Polizei und Friedhofsverwaltung und erreichte trotz erheblicher Schwie-

rigkeiten, daß die Signora auf dem Cimitero in Catania beigesetzt wurde. Die Beerdigung fand am 15. Dezember um 11 Uhr statt. Anwesend waren Mister Hopkins, ein Angestellter der Friedhofsverwaltung und ich.
Die Kosten der Beerdigung trägt Mister Hopkins. Dokumente und Reisetasche der Signora bleiben in seinem Besitz. Klinik- und Polizeibericht befinden sich in der Präfektur von Caltanisetta.

gez. Bianca Fortini

Warum bist du nicht zu mir gekommen? Wollten wir nicht zusammen Wein trinken gehn? Ich lade dich in meine Wohnung, heute Abend oder in sieben Jahren. Wirst du kommen? Licht und Geheimnis!